科学的春天

KEXUE DE CHUNTIAN

顾迈男◎著

广东高等教育出版社
Guangdong Higher Education Press

图书在版编目（CIP）数据

科学的春天／顾迈男著．—广州：广东高等教育出版社，2019.6
ISBN 978-7-5361-6507-6

Ⅰ．①科… Ⅱ．①顾… Ⅲ．①新闻通讯—作品集—中国—当代
Ⅳ．①I253

中国版本图书馆CIP数据核字（2019）第107509号

出 版 人：唐永亮
策划统筹：黄红丽
责任编辑：钱　丹
责任校对：谢　慧　陈利群
责任技编：肖宿华
装帧设计：王　勇

书　　名　科学的春天
　　　　　KEXUE DE CHUNTIAN
出版发行　广东高等教育出版社
　　　　　社址：广州市天河区林和西横路　电话：（020）87554153
　　　　　http：//www.gdgjs.com.cn
印　　刷　佛山市浩文彩色印刷有限公司
开　　本　787毫米×1092毫米　1/16
印　　张　10.25
字　　数　156千
版　　次　2019年6月第1版
印　　次　2019年6月第1次
定　　价　29.80元

谨以此书

向为中国科技事业做出贡献的

科学家和科技工作者

致敬

让我们怀着敬意

到历史的深处去倾听

那些无声处的惊雷

那些平凡中的伟大

卷首语

1978 年召开的全国科学大会以及在这之前召开的科学和教育座谈会（史称“8•8 座谈会”），以其划时代的意义，彪炳史册。

40 年转瞬即逝，当时，我作为新华社负责科技报道的记者，有幸全程亲历并记录了两次会议的实况。回忆往事，至今仍能感受到会上散发的浓浓的变革的气息，感受到国家领导人和专家教授们那种强烈的爱国情怀。

正是在这两次会议之后，中国亿万年轻人走进了学堂；成千上万的教授和科学家被摘掉了“臭老九”的帽子，精神抖擞地走进了教室和实验室；正是这两次会议的决定，使名不见经传的怪人陈景润成为家喻户晓的人物，也使在大漠荒原隐姓埋名、献身国防的邓稼先名扬四海……

历经 40 年的改革开放，中国发生了翻天覆地的巨大变化，成为世界第二大经济体。

如今，我把在那些年月以及后来陆续发表的稿件汇集成册。希望读者能从中领悟到曾被郭沫若欢呼的科学的春天的气息。

在科学的春天里，究竟发生了什么事？

顾迈男

2018 年 11 月于北京

序

赵永学

顾迈男是我的老前辈，我与她算是忘年交。她是记者出身，我在编辑岗位，虽然见面次数不多，但通过编辑她的稿子，尤其是她撰写的科技类稿件，从这些方面，对顾老多少有了一点了解。

顾老于 1953 年进入新华社后不久，便开始在报刊上发表文章。1962 年起担任专职科技记者。自那时起，她一直深深扎根于中国科技界，可以称得上是中国科技事业发展、壮大、变强的亲历者和推动者。她对科技报道的这份热爱，除了因为科技记者这个身份外，更多的是因为这些科学巨匠们对待科学研究的态度与精神让她膜拜和敬仰。正如她采访美籍物理学家、诺贝尔奖获得者李政道教授后所说的那样："在采访这位大物理学家的过程中，我学到了许多可贵的东西——对故国的深情，对工作的精益求精，对物理学的执着追求。"

在从事科技报道的那段岁月里，她年复一年深入科技界采访，由于她采访写作态度严谨，并且对科学家们的工作报以崇敬和同情之心，许多科学家都乐于向她倾诉自己工作和生活的甘苦，因此她同很多人结成了知心朋友。通过大量的采访和积累，在她的报道中，她不仅践行了新华社记者实事求是、调查研究的优良作风，而且也融入了山东人特有的豪爽和耿直，为科学家们的困难仗义执言。她因此被誉为"科学家的代言人"。正是因为这份执着，才会有《华罗庚传》《丁肇中》《炎黄之光——顾迈男科技新闻通讯选》《中国当代科学家的奋斗之路》《报国——回忆我所采访的科学家》，乃至现在大家看到的这本《科学的春天》等书籍的不断问世。

这本书之所以取名《科学的春天》，灵感来源于 1978 年 3 月 18 日至 31 日在北京召开的全国科学大会。这次大会是我国科学史上空前的盛会，标志着经过“十年动乱”后，我国科技事业终于迎来了“科学的春天”。全国科学大会的筹备和召开，是对“十年动乱”中遭到严重破坏的科技工作的全面拨乱反正，也为科技工作的开放和改革打开了大门。

其实早在几个月前的 1977 年 7 月，邓小平恢复党内外一切职务复出后，便自告奋勇主管科学和教育工作。为了解决科教战线的问题，邓小平同志在当年 8 月 4 日至 8 日主持召开了科教工作座谈会，并做了重要谈话。在这次座谈会上，与会的科学家和教授们把在“十年动乱”中遭受的不公正待遇和摧残，尽情地倾诉，并且怀着对国家未来科学和教育事业建设的极大热忱，直接向邓小平提出各种积极的建议。“这是一次意义重大的座谈会，也是一次畅所欲言的座谈会。其实，这次座谈会可以看作是我国科技界在粉碎‘四人帮’后迎来的第一缕春风。”顾迈男后来回忆起参加这次座谈会的报道工作时说。

2018 年是改革开放 40 周年，也是全国科学大会召开 40 周年。40 年来，从科学技术是第一生产力，到实施科教兴国战略，再到提高自主创新能力、建设创新型国家，中国在世界科技前沿领域取得了一批具有世界影响力的重大成果。顾老作为中国科技事业发展由弱到强的见证者，一直致力于记录和宣传科技领域里的这些默默无闻的专家学者。为此，她从没有中断过收集、整理、补充自己采写的各类科技报道的工作。凭着对科技工作者以及科技事业的无限挚爱和深情，将她多年来的心血结集出版，这着实令我等晚辈敬佩。

2016 年，习近平总书记在全国科技创新大会上发出了建设世界科技强国的号召：到 2020 年时使我国进入创新型国家行列，到 2030 年时使我国进入创新型国家前列，到新中国成立 100 年时使我国成为世界科技强国，成为世界主要科学中心和创新高地。顾老说，她听到这个消息后非常振奋，希望能为中国的科技事业做大做强贡献自己微薄的力量。

目录
Contents

科学的春天是这样到来的①

1978 年的春天到来了

中国科学院第一任院长郭沫若以诗人的豪情吟诵道:“春分刚刚过去，清明即将到来，‘日出江花红胜火，春来江水绿如蓝。’……这是科学的春天，让我们张开双臂，热烈地拥抱这个春天吧！”

中国科学院（Chinese Academy of Sciences） 成立于 1949 年 11 月，是中国自然科学最高学术机构、科学技术最高咨询机构、自然科学与高技术综合研究发展中心。

当时，郭沫若重病在身，他原想坐着轮椅参加 1978 年 3 月 18 日在北京人民大会堂召开的全国科学大会，人们怕他支持不住，劝阻了，而他还是在闭幕大会上做了准备已久的题为《科学的春天》的讲话。

他在这篇恐怕是最后一次在公开场合的讲话中，饱含深情地预言:“我们民族历史上最灿烂的科学的春天到来了。”

当年，我作为新华社负责科技报道的记者，亲历并记录了这年春天前后中国科技界发生的许多重大事件，并采访报道了与“科学的春天”有关的领导人和一些著名科学家。现在，时隔 40 年，回想起来，仍能感受到那年春天浓浓的、生机勃勃的气息。

---

① 顾迈男 . 科学的春天是这样到来的 [N]. 新华每日电讯，[2018-05-25]. 收入本书时有修改补充。

邓小平严肃地说：“知识分子的名誉要恢复。”

讲述在科学的春天里发生的故事以前，要从一年前的秋季讲起。

在这之前，几经沉浮的邓小平被时代的大潮推向历史的前台，“阶级斗争为纲”的时代结束了，改革开放使中国发生了天翻地覆的变化，这变化一直持续到今天。

我有幸近距离采访这位变革时代的伟人，是在他复出的这年秋天。

1977 年，邓小平复出后，首先请了 33 位中国著名科学家和大学教授来到北京人民大会堂，面对面地认真听取科学家和教授们对恢复和发展中国科学和教育事业的意见、建议，这就是史上有名的“8·8 座谈会”。

这年的 8 月 4 日，我随 33 位科学家和教授们走进大会堂的四川厅，大家刚在沙发上坐下，邓小平就满面春风地走来了。

8 月 4—8 日，邓小平每天上午 8 点半准时到会，中午稍事休息，下午又来到大会堂参加座谈会，直到晚上掌灯时分才离去。

这是一次畅所欲言的座谈会。会上，科学家和教授们提出：“四人帮”把中华人民共和国成立后的 17 年科学和教育战线说成是“黑线为主”，大批科学家和教授被扣上“资产阶级知识分子”的帽子，严重地挫伤了科学家和教授们的积极性，阻碍了科学和教育事业的发展。

人们争先恐后地发言，有人建议高等学校应尽快恢复招生考试制度，有人呼吁关心和改善教师和科技人员的生活待遇，有人主张立即恢复每周 5/6 的时间搞科研……

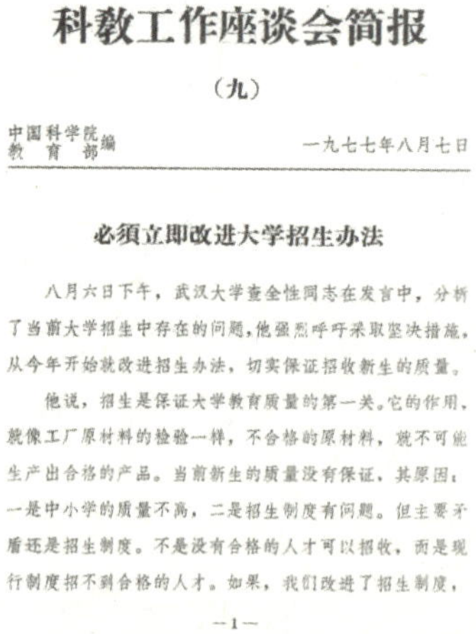

科教工作座谈会简报

（九）

中国科学院
教 育 部编　　一九七七年八月七日

必须立即改进大学招生办法

八月六日下午，武汉大学查全性同志在发言中，分析了当前大学招生中存在的问题，他强烈呼吁采取坚决措施，从今年开始就改进招生办法，切实保证招收新生的质量。

他说，招生是保证大学教育质量的第一关。它的作用，就像工厂原材料的检验一样，不合格的原材料，就不可能生产出合格的产品。当前新生的质量没有保证，其原因：一是中小学的质量不高，二是招生制度有问题。但主要矛盾还是招生制度。不是没有合格的人才可以招收，而是现行制度招不到合格的人才。如果，我们改进了招生制度，

—1—

图 1　科教工作座谈会简报

邓小平认真地听取人们的发言，他说，17 年的主导方面是红线。17 年中绝大多数知识分子无论是科学工作者还是教育工作者，大都是中华人民共和国成立以后我们自己培养的。如果对 17 年不做这样的估计，就无法解释我们取得的一切成就了。

在座谈会上，邓小平还谈了尊重知识、尊重人才的问题。他说："'四人帮'创造了一个名词叫'**臭老九**'。'老九'并不坏，《智取威虎山》里的杨子荣就是好人嘛，错就错在那个'臭'字上，毛泽东同志说，'老九'不能走！这就对了。"

"臭老九"

"四人帮"把知识分子排在地、富、反、坏、右、叛徒、特务、走资派之后，污蔑知识分子是"臭老九"。

谈到这里，邓小平严肃地说："知识分子的名誉要恢复。"

座谈会后，邓小平在人民大会堂举行了茶话会，招待与会的科学家和教授们，他在会上发表了热情洋溢的讲话，鼓励科学家和教授们尽快从"四人帮"制造的阴影里走出来，积极投身到重建国家科学和教育事业的工作中。

冬去春来，转眼间 1978 年的春天来临。

3 月 18 日，从全国各地来到北京人民大会堂的数千位科技人员，怀着热烈期盼的心情，前来参加全国科学大会。

1978 年 1 月，《人民文学》刊载徐迟的报告文学《哥德巴赫猜想》，在全民范围内掀起了一股热爱科学的热潮。

"同志们，我们今天能够举行这样一个在我国科学史上空前的盛会，就清楚地说明'四人帮'肆意摧残科学事业、迫害知识分子的那种情景，一去不复返了！"邓小平的话音刚落，场上立即响起了雷鸣般的掌声。

1978 年全国科学大会是中国共产党在粉碎"四人帮"之后，在国家百废待兴的形势下召开的一次重要会议，也是中国科技发展史上一次具有里程碑意义的盛会。

会上，邓小平明确提出：科学技术是生产力。

他说："承认科学技术是生产力，就连带要答复一个问题，怎么看待科学研究这种脑力劳动？"

"科学技术是生产力，为社会主义服务的脑力劳动者是劳动人民的一部分。"

随后，他又谈了建设宏大的又红又专的科研队伍等问题。

科学技术是生产力

邓小平同志在1978年3月18日全国科学大会讲话中指出：脑力劳动者的绝大多数已经是无产阶级自己的一部分，四个现代化的关键是科学技术的现代化，并提出"科学技术是生产力"的论断。1988年，邓小平同志又进一步提出了"科学技术是第一生产力"的思想。这一论断，精辟地阐明了科学技术是经济发展的首要推动力，丰富和发展了马克思主义的生产力学说。这一论断，不仅引发和指导了中国的科技改革发展，点燃了中国新科技革命的圣火，也给中国的社会主义现代化建设指明了方向，成为中国实施科教兴国战略的理论基础。

陈景润："特别感谢新华社记者对我的帮助。"

大会日复一日地进行着，代表们纷纷登台发言，热烈称赞大会的召开。一天，数学家陈景润也走上主席台，他在讲话中说："我只不过是攀上了科学的一个小山包，就受到党和国家的高度重视，在这里我要特别感谢新华社记者对我的帮助。"

小山包：指研究哥德巴赫猜想。

在这之前，新华社记者曾通过参考报道多次谈了陈景润的处境，以及他研究哥德巴赫猜想取得的成就，希望有关部门关心他，给他治病（结核病）。当时，医院多次给中科院数学所发出有关他的病危通知。因此，参考报道以后，他的情况受到党和国家领导人的高度重视，处境也因此得到了改善。

全国科学大会期间，有件事情使我终生难忘，那就是邓小平、方毅等国家领导人极为认真的工作精神。

全国科学大会开幕那天，我来到人民大会堂的西休息厅，请方毅同志审阅邓小平同志在开幕式上的讲话摘要。

图2 1978年全国科学大会现场

“你跟我来！”方毅同志明白了我的来意后，就从西休息厅里匆匆走了出来，他快步在前头走，我在后面紧跟，我们来到另一个休息厅。见到邓小平同志后，方毅大声说：“邓副主席，新华社的小顾同志请您审阅一下您的发言稿。”

我随即把邓小平数千字的讲话摘要递给了方毅，这时，服务员见大家都站着，随即搬来了椅子。

“不坐了，不坐了，坐得太久了。”邓小平同志说。

人民日报
RENMIN RIBAO

树雄心，立壮志，向科学技术现代化进军。
华主席为全国科学大会的题词

在全国科学大会开幕式上的讲话
（一九七八年三月十八日）
邓小平

图 3　邓小平同志在全国科学大会开幕式上的讲话稿

随后，方毅便抖擞起精神大声地朗读起来，邓小平同志始终站着认真地听方毅朗读，直到听完了数千字的稿子。

“可以嘛，我看可以！”最后，邓小平说。

方毅同志随即把讲话稿递给了我，说：“小顾，发吧！”如今，两位领导同志都已经过世，他们当年的音容笑貌、平易近人的作风，长久地铭刻在我的记忆中，铭刻在那个难忘的春天的记忆里。

邓小平同志主持召开的全国科学大会与他在开幕式上的讲话，是“8·8座谈会”讲话精神的继续和发展。他再次从理论和实践中，用马列主义的观点，澄清了被“四人帮”搞乱的重大理论和实践问题。

《中关村的灯火》见证科学家迎接春天

全国科学大会召开的讯息传开之后，科学和教育界一片欢腾。根据大会精神，会后，中国科学院立即恢复了技术职称的评定工作。第一批被评上高级职称的有陈景润（正研究员），提升为副研究员的有杨乐、张广厚等。与这同时，中青年科技人员也立即享受科研津贴。

被“四人帮”解散的国家科学技术委员会也迅速地重建起来，国家重新颁布了发明奖励条例，科学院和高等院校（在这之前已恢复高考）开始招收研究生，科学院一系列研究所成立了学术委员会，各个研究所实行每周5/6的科研时间后，多年来暗淡无光的北京中关村各个研究所又亮起了灿烂的灯光。

在那些日子里，我曾接连几个晚上同新华社国内部的傅军同志到北京中关村的各个研究所参观、采访。所到之处，热火朝天。

在计算技术研究所，实验室的灯光亮得如同白昼。

“我们要用跑短跑的速度跑长跑，快速发展计算机科学，哪怕日夜连轴转，也要把‘四人帮’耽误了的时间抢回来！”一位正在工作的研究人员说。

在春寒料峭的夜晚，我们朝着有灯光的地方走，访问一个又一个研究所。

一天夜里，我们在数学研究所的图书馆里见到了数学家陈景润。“文化大革命”中，他研究哥德巴赫猜想研究得入了迷，一天夜里，正望着自己的计算结果出神时，一群人突然闯进来，质问他为什么深更半夜还亮着灯，怀疑他在搞“反革命”活动。

造反派说：“宁要社会主义的星星点点，不要资本主义的灯火辉煌。”在那个年月，深夜谁家的窗口亮着灯，谁就要倒霉。

“现在不怕了。党和国家带领我们向科学技术现代化进军，夜间加班加点是常事，党和人民赞扬和鼓励我们，因此，中关村的灯火越亮越多，越辉煌！”

那天夜里陈景润带我们参观了图书馆，他感慨地说：“这里同粉碎‘四人帮’以前的情形大不一样了，现在你们看，门庭若市，那时，这里常常就只有两个人，一个是我，一个是图书管理员。”他笑着说。

图4　数学家陈景润

在科学的春天里，各个研究所都出现了许多挑灯夜战的动人景象。有些研

图5　数学家关肇直

究人员把铺盖搬到了实验室，每天工作到深夜，工作起来不分上下班，把一切可以挤出来的时间都用来搞科学研究，常常是带上两个馒头，一干就是通宵。

著名数学家关肇直当时已是快60岁的人了，仍每天工作到深夜，人们劝他休息，他却说："余年不多了，更要加倍努力！"

图6　生物学家童第周（右1）

著名生物学家童第周，"文化大革命"中被造反派赶出实验室，被迫去打扫厕所。我们见到他时，他也与灯火为伴。他说："一分时间，一分成果。对科学工作者来说，就不是一天8小时，而是寸阴必珍，寸阴必争！"

不久后，我们写了通讯《中关村的灯火》，新华社播发后，报纸广泛刊登。

李政道、丁肇中感知祖国的春天

春天的气息传到海外。许多著名的华裔科学家也坐不住了，纷纷来到中国或讲学，或进行学术交流，对中国的科学技术事业都不再做旁观者。其中就有著名物理学家李政道和丁肇中。

1979年暮春5月，应中国科学院的邀请，李政道越过太平洋，不远万里来中国讲学，来自全国33个科研单位、78所高等院校的数百名研究生、教师和科研人员齐集北京科学会堂，听李政道讲学。在长达7周的时间里，天天座无虚席。

李政道讲授了统计力学和粒子物理两门课程。在国外，他每年平均只讲28~30个小时，这两门课程一般要讲两三年。这年，他感到中国实现四个现代化

图 7　李政道为研究生讲授统计力学和粒子物理两门课程

急需科技人才，决定用两个月的时间讲完几年的课程。

1979 年 4 月 15 日，邓小平会见李政道。李政道的夫人秦惠䇹说："政道变了。政道过去对这类事（指组织和联系工作）从来不感兴趣，去年为了给中国培养高能物理人才，在 4 个月的时间里，他亲自打了很多很多长途电话，联系培训问题，别人都说政道变了，就连讲课政道也变了，过去他从来没有这样集中讲过。"

一个阳光灿烂的下午，我在北京科学会堂访问了李政道。那天，他刚从讲台上走下来，在休息室里，他一面往嘴里放润喉片，一面用嘶哑的声音回答我的提问，当我问他为什么会发生上述变化时，他兴奋地说："我感受到，大家都被中国的四个现代化推动起来了，这是很了不起的！我不应该袖手旁观。"

这年秋天，著名物理学家丁肇中也来中国讲学。他

高能物理学 (high energy physics)

又称粒子物理学或基本粒子物理学，是物理学的一个分支学科，研究比原子核更深层次的微观世界中物质的结构性质和在很高的能量下，这些物质相互转化的现象，以及产生这些现象的原因和规律。

因发现J粒子获得1976年的诺贝尔物理学奖，他是继李政道、杨振宁之后，第三位获得诺贝尔奖的华裔科学家。

一个晴朗的秋日，我在北京饭店访问了丁肇中，他看起来很年轻，不像43岁的人。

见面后，丁教授热情地和我握手。当我对他和他的小组找到胶子存在的证据表示祝贺时，他笑着说："最值得祝贺的事情，是中国人民决心要实现四个现代化。"

访问快结束时，我请丁教授谈谈自1975年以来4次访华的印象。他说："1975年来时，在北京和科学家们谈了谈。那时，没有人谈科学。科学家们都处于恐惧状态。1977年来访，科学家们兴奋地告诉我，他们获得了第二次解放。这次回来，见到高能加速器的预制研究已经开始，慢慢地也有个计划，大批留学生、研究生、访问学者也都派出去了。情况和几年前相比，大不一样了。"

邓小平："任何时候，中国都必须发展自己的高科技。"

也是在1978年春季的一天，中国科学院高能物理研究所的几位年轻人，忽然出现在我工作的北京三里河河边的抗震棚里。说明来意后，他们交给我一封由著名物理学家张文裕等十几位科学家写给中共中央的信件。在信中，科学家们叙述了世界各国高能物理以及高能加速器发展的历史和现状，殷切希望党中央能够关注这门尖端科学，积极筹措资金，调集人力物力，尽快建造出中国的高能加速器。

J粒子

由物理学家丁肇中于1974年发现。J/ψ介子是一种次原子粒子，属于介子，由一枚粲夸克和一枚反粲夸克组成。它是由粲夸克和反粲夸克组成的次原子粒子当中第一个激发态。

胶子

由物理学家丁肇中于1979年发现。原子里面有原子核，原子核里面有粒子，粒子里面有夸克，把夸克"绑"在一起的是胶子。

高能加速器

高能加速器是高能物理的主要实验研究工具，即利用强磁场把带电粒子，如电子、质子加速到很高速度，然后与靶物质相碰撞，碰撞的结果可产生大量的新的基本粒子，或新的现象。通过对这些新的粒子、新的现象的观测分析，可以不断加深对物质微观结构的认识。这里指北京正负电子对撞机。

唐山大地震后，作者在国家地震局采写震情参考报道，供党和国家领导人指导抗震救灾参考。

北京正负电子对撞机（BEPC）

北京正负电子对撞机是世界八大高能加速器中心之一，是我国第一台高能加速器，也是高能物理研究的重大科技基础设施。它由长202米的直线加速器、输运线，周长240米的圆形加速器（也称储存环），高6米、重500吨的北京谱仪和围绕储存环的同步辐射实验装置等几部分组成。北京正负电子对撞机是当时世界上唯一在τ轻子和粲粒子产生阈附近研究τ－粲物理的大型正负电子对撞实验装置，也是该能区迄今为止亮度最高的对撞机。

首次正负电子对撞

1988年10月16日凌晨5点56分，北京正负电子对撞机首次对撞成功。这是我国继原子弹、氢弹爆炸成功、人造卫星上天之后，在高科技领域的又一重大突破性成就。北京正负电子对撞机的建成和对撞成功，为我国粒子物理和同步辐射应用研究开辟了广阔的前景，揭开了我国高能物理研究的新篇章。

图8　物理学家张文裕

随后，我把科学家们的来信交给了当时新华社的负责人。他们很快便报送给了邓小平等国家领导人。在这之后，我又通过参考报道帮助高能物理研究所要回了他们现在北京玉泉路的所址（“文化大革命”中被部队占用）。

BEPC从此启航。

北京正负电子对撞机工程上马以后，科学家们用“终于盼到了这一天”来形容兴奋的心情。

中国的大科学——北京正负电子对撞机，历时十余年，于1988年10月16日凌晨5点56分，首次实现了低亮度下的正负电子对撞。消息传开，立即在全世界引起轰动。

国内外的著名科学家纷纷发表谈话，认为这是中国科学发展的伟大进步，是中国高能物理发展的里程碑。

1988年10月24日9时40分左右，邓小平等领导人来到北京正负电子对撞机国家实验室，向参加工程建设的人们表示祝贺。

“过去也好，今天也好，将来也好，中国必须发展自己的高科技，在世界高科技领域占有一席之地。如果60年代以来中国没有原子弹、氢弹，没有发射卫星，中国就不能叫有重要影响的大国，就没有现在这样的国际地位。这些东西反映一个民族的能力，也是一个民族、一个国家兴旺发达的标志。”

图9 北京正负电子对撞机储存环

在场的科学家们听了邓小平的讲话，抚今追昔，感慨万千。当年冒着风险从美国归来，全身心投入建造高能加速器的著名物理学家张文裕，这天也坐着轮椅来了，听着听着，这位已经失去语言表达能力的科学家，泣不成声。

图10 北京正负电子对撞机国家实验室主任陈和生博士

时光飞逝。进入21世纪后，北京正负电子对撞机国家实验室不断传出好消息。实验室负责人兴奋地对我说，经过努力，国家又投入了20亿元人民币，对撞机的性能提高了100倍。北京正负电子对撞机重大改造工程获得2016年度国家科技进步奖一等奖。

图11 中国科学院高能物理研究所负责人王贻芳

眼下，位于北京西郊八宝山附近地层深处的中国第一台，也是唯一的一台高能加速器——北京正负电子对撞机，正年复一年昼夜不停地运转着。它吸引了全世界的科学家不远万里前来做实验，或是进行学术交流。

它的故事，也是从那个“日出江花红胜火”的春天开始的。

春天里的一声惊雷

——忆“8·8座谈会”

2017年是我国高等学校招生恢复考试制度40周年，这个培养人才的重大决策，源自1977年邓小平同志主持召开的科学和教育座谈会，即史称“8·8座谈会”。与会者回忆当年的情景，称它是春天的一声惊雷。

当年，我有幸作为新华社记者参加了那次座谈会的全过程，会上的情景至今记忆犹新。

那是1977年8月4日的早晨，我跟随来自全国各地的33位科学家和大学教授来到北京人民大会堂的四川厅，大家在沙发上坐下不久，邓小平同志就在女儿邓楠的陪同下走了进来。

这天，他上身穿着一件白衬衫，下身穿着绿军裤，黑布鞋。当时，他虽然已经年逾古稀，但依然精神矍铄，神采奕奕。坐下后，邓小平用浓重的四川话说："同志们好！我自告奋勇地管科学和教育，中央也同意了。要赶超（世界先进水平）从何入手呢？就从科学和教育着手。听听大家的意见，向大家学习。外行管内行，总得要学习才行，现在，请大家发言。"

从这年的8月4日起，邓小平同志每天上午8点半准时到会，中午稍事休息，下午又来到人民大会堂参加座谈会，直到晚上掌灯时才离开。这次科学和教育座谈会间正值盛夏酷暑，这时，邓小平已是70多岁的老人，在长达一个星期的时间里，他不顾辛劳，天天面对面地倾听科学家和教授们对“四人帮”的控诉，听取人们对未来重建我国科学和教育事业的意见和建议。

在这次具有历史意义的座谈会上，教授们在发言中说，迟群等人秉承“四人帮”的旨意，把中华人民共和国成立以来的17年教育战线说成是“黑线为主”，教师被扣上“资产阶级知识分子”的帽子被赶出课堂，严重地挫伤了教师的积极性；高校招生取消了考试制度，实行群众推荐……致使我国人才短缺，科学研究和国家建设需要的人才后继无人……教授们感到十分痛心。

这是一次畅所欲言的座谈会。与会者无一人有发言稿，却都争前恐后地即席发言，与会的科学家和教授们把在10年动乱中遭受的不公正待遇和摧残，尽情地倾诉着，怀着对国家未来科学和教育事业重建的极大热忱，直接向邓小平提出各种积极的建议，其中就包括建议全国高等学校招生尽快恢复考试制度。

邓小平认真地听着每个人的发言，在8月8日这一天，他做了总结发言。他首先谈了对中华人民共和国成立以后17年的估计问题。

他说："我个人认为，毛泽东同志在'文化大革命'以前的大部分时间里，对科学研究工作、文化教育工作的一系列指示，基本精神是鼓励，是提倡，是估计到我们知识分子中的绝大多数是好的，是为社会主义服务的，或者是愿意为社会主义服务的。在1957年以后讲过一些过头话，但在60年代初期，他还是支持科学十四条，高等学校六十条的。"

谈到对全国教育战线17年的估计问题时，邓小平说："我看，主导方面是红线，应当肯定。"他说："17年中，绝大多数知识分子，不管是科学工作者还是教育工作者，在党的正确领导下，辛勤劳动，努力工作，取得了很大成绩，特别是教育工作者，他们的劳动更辛苦，现在差不多各条战线的骨干力量，大都是中华人民共和国成立以后我们自己培养的，特别是前十几年培养出来的。如果对17年不做这样的估计，就无法解释我们所取得的一切成就了。"

邓小平说："解决了对17年的估计问题，恐怕至少在精神上可以使大家放下包袱。"

随后，他又谈了关于调动科学和教育工作者积极性的问题，他说："就今天的现状来说，要特别注意调动教育工作者的积极性，要强调尊重教师。我国科学研究的希望，在于它的队伍有来源。科学研究是靠教育输送人才的，一定要把教育办好。"

邓小平说："我们要把从事教育工作的与从事科研工作的放到同等重要的地

位，使他们受到同样的尊重，同样的重视。”

座谈会上，邓小平还谈了尊重知识、尊重人才的问题。

1975年5月3日毛主席召集在北京的中共中央政治局委员开会时，借用了京剧《智取威虎山》里的一句台词“老九不能走”，以此批判“四人帮”对知识分子的污蔑。

他说：“‘四人帮’创造了一个名词叫‘臭老九’。‘老九’并不坏，《智取威虎山》里的杨子荣就是好人嘛，错就错在那个‘臭’字上，毛泽东同志说，‘老九’不能走！这就对了。”

谈到这里，邓小平同志严肃地说：“知识分子的名誉要恢复。”

随后，他又谈了教育制度和教育质量问题。

邓小平说：“教育制度中有很多具体问题，一个是学制问题，是否先恢复小学5年，中学5年。还有就是高等学校招收应届高中毕业生的问题。”

关于高校招生问题，邓小平说：“今年(1977年)就要下决心恢复从高中毕业生中直接招考学生，不要再搞群众推荐。从高中直接招生，我看可能是早出人才、早出成果的一个好办法。”

在谈到教育质量问题时，邓小平说：“高等院校学生来源于中学，中学学生来源于小学，因此要重视中小学教育。要树立好的风气。中华人民共和国成立以后相当长一段时间，整个社会的风气、秩序和纪律是好的，学生自觉地遵守纪律，大街上可以经常看到红领巾拿着喇叭，维持交通秩序。后来由于‘四人帮’的破坏，风气不好了，要数罪状，把一些青少年带坏，是‘四人帮’的一条很大的罪状，我们现在要把风气扭转过来，这就要求学校培养好的风气。要有爱劳动、守纪律、求进步等好风气、好习惯。教师有责任把这些好风气带动起来。”

谈到科研单位人才缺乏时，邓小平说：“高等院校，特别是重点高等学校，应当是科研的一个重要方面。”

“我国现在科研人员少，队伍小，比不上那些发达的大国，这点我们要承认。美国科研队伍有120万人，苏联前年的资料是90万人，我们是20多万人。但是，正像有的同志说的，只要我们充分发挥社会主义制度的优越性，把力量统一地合理地组织起来，人数少，也可以比资本主义国家同等数量的人办更多的事，取得更大成绩。”

在会上邓小平同志还谈了后勤工作问题。

他说：“要调动科学和教育工作者的积极性，光空讲不行，还要给他们创造条件，切切实实地帮助他们解决一些具体问题。”

他说，各级领导同志，要经常和科学家、教授谈谈心，经常同大家一起吃吃饭，闲谈闲谈，帮助帮助，政治思想工作要做活。

在这次会上邓小平还谈了提高知识分子待遇以及为知识分子恢复名誉的问题，并多次谈到教育问题，以及重建国家科委、科研单位、教育部门领导班子的建设等问题。

“我愿意当大家的后勤部长！”他说。场上顿时响起了热烈掌声。

整个座谈会期间邓楠同志也很辛苦，邓小平同志因为耳背，人们在发言时，讲一句，他的女儿邓楠便大声地对着父亲的耳朵重复一句。一天，休息的时候照相。邓小平见人群之中有胡乔木，邓小平和大家一一握手时，胡乔木往后退，邓小平同志见这情形，特地走上前去，对胡乔木说：“你也来拉拉手，拉拉手！”

这次座谈会召开时，10年动乱刚刚结束，科学家和教授们心中的疑虑还未完全消除。会议结束时，一位科学家私下对我说：“这是一场盛宴，回去还得喝粥了！”意思是怕造反派报复，害怕受到“四人帮”残渣余孽的迫害。

“8·8座谈会”结束以后，邓小平在人民大会堂举行了茶话会，招待与会的科学家和教授们。他在会上发表了热情洋溢的讲话，鼓励科学家和教授们尽快从“四人帮”制造的阴影里走出来，积极投身到重建国家科学和教育事业的工作中。

40 年弹指一挥间，如今，邓小平同志逝世了，当年与会的科学家和教授们也大都不在了。但是，他们为国家的前途和人民的命运深谋远虑的精神，却是永存的。现在，他们为之苦苦追求的理想已经或正在变为现实。

党的十九次代表大会是为中国擘画未来的盛会，将把中国引向更加美好的新时代，我想，我们党，我们国家的前辈领导人和有志之士，如果看到国家今天发生的巨大变化，定会含笑九泉的。

国门刚刚打开的时候

1980 年夏天到来。这年的 6 月 18 日，我随中国高能物理代表团从北京启程，在一个多月的时间里，先后访问了美国东海岸和西海岸 5 个大的高能加速器中心。然后飞越大西洋，访问了汉堡的德国电子同步加速器中心（DESY）和坐落在日内瓦郊区的欧洲核子研究中心（CERN，法语 Conseil Europḗenn pour la Recherche Nucléaire；英语：European Organization for Nuclear Research）。

时值我国国门刚刚开启的时候，在这之前，邓小平访问美国，与美国总统卡特签订了中美高能物理合作协议。我们就是根据这个协议访美的。

临行前，当时的国务院副总理方毅接见了我们。他说："你们从北京出发，经日本，飞往美国，然后从美国渡过大西洋，去欧洲访问。这样，世界是个什么样子，就清楚了。"

中国代表团团长是当时的国家科学技术委员会副主任赵东宛，副团长是著名物理学家张文裕。成员中有国家建设委员会、计划委员会、科学技术委员会、中国科学院、北京大学的负责人和专家、教授。

建造高能加速器

6 月 18 日，我们从北京乘飞机到达日本。这是我第一次走出国门，外面的世界是个什么样子，一无所知。

飞机从日本起飞后，很快进入了浩瀚的太平洋。

我们在太平洋上飞过了国际日期变更线，到达美国的西雅图。

按照协议，进入美国后，中国代表团由美国能源部接待，并承担相关费用。因此，美国能源部派人来迎接我们。

代表团这次出访的目的，是参观考察欧美各国建造高能加速器，为中国建造第一台高能加速器，即为北京正负电子对撞机 (BEPC) 做准备。

人们可能要问：刚刚开放的中国为什么要投巨资建造高能加速器，高能物理和高能加速器有什么用途？

进入这个领域采访后，我也曾带着同样的疑问，请科学家们为我释疑。

科学家们说，在我们人类居住的地球上，在浩瀚的宇宙中，形形色色的物质都是由微小的原子组成的。

它们是通过一定的相互作用而转化。相互作用基本上分为 4 种：引力作用、电磁作用、强作用和弱作用。科学家们按照各种基本粒子参与相互作用的不同方式，把基本粒子分为 3 类：强子、轻子和中间玻色子。

强子、轻子和中间玻色子

中间玻色子，现叫传播子。

随着高能物理学研究的越来越深入，在 19 世纪末以前，当科学家们还没有打开原子的时候，人们误以为原子就是不可分割的、永恒不变的物理的始元。1911 年，科学家发现原子原来是由原子核和绕着原子核运转的电子组成的。随着研究原子核仪器和设备的不断进步，到 1939 年，科学家们再次发现，原子核是由质子和中子组成的。在这之后的许多年里，科学家们又发现了许多粒子，并把它们统称为基本粒子，在这之后的很长一段时间里，人们又认为基本粒子是组成物质的始元。

但是，近年来的实验证实，基本粒子并不基本，人们发现的粒子结构也越来越精细，因而，科学家们设计制造的研究粒子结构的设备——高能加速器，也越来越庞大，越来越精密。

高能物理研究的内容，是随着时代的发展而发展的，在 19 世纪末以前，X 射线的发现，是当时高能物理研究的结果，在 20 世纪 30 年代，中子的发现，也是当时高能物理研究的结果。

高能加速器问世的时间并不久。近几十年来，各国科学家已经制造了数百种高能加速器。科学家们正在致力于探索宇宙中星球上的现象是不是都能用粒子物理来解释。世界是由粒子组成的，有多少种电子？电子有多大？电子能不能再分成更小的粒子？质量的来源是什么？等等。

为了找到上述问题的答案，世界各国都不惜花巨资竞相研制大的加速器。

随着 1945 年 8 月美国用原子弹轰炸广岛，人们对原子和原子核的结构，以及它的应用在世界历史事件中的含义，越来越重视，以期更深刻地弄清原子核的结构，加强本国的防卫能力，在世界事务中取得一席之地。

1954 年 9 月，欧洲核子研究中心 (CERN) 在日内瓦的近郊建成。这个由 12 个国家出资建造的实验中心跨越瑞士和法国，经过 3 年的努力，建成第一台加速器，并正式投入运转。

在欧洲核子研究机构崛起的同时，美国也不甘落后，20 世纪 50 年代以后，美国在东海岸和西海岸，相继建成了 5 个规模较大的加速器中心。

年复一年，美国、欧洲以及来自世界各地的物理学家们辗转在上述各大加速器中心进行着各种探索粒子结构、寻找新粒子的实验，许多著名物理实验和重大发现，都是在这些大的加速器中心完成的，一个又一个诺贝尔奖获得者，也从这里产生。

就在欧美各国加速器发展和高能物理实验如火如荼地展开时，中国在这方面的科学研究和实验设备完全是空白。

直到“四人帮”垮台以后，在邓小平的直接过问下，建造高能加速器的工程才真正开始。

1979 年，邓小平访问美国期间，方毅副总理和美国能源部部长施莱辛格于这年的 1 月 31 日在华盛顿签订了《中华人民共和国国家科学技术委员会和美利坚合众国能源部在高能物理领域进行合作的执行协议》，双方商定中美高能物理联合委员会定期磋商关于中国派人去美国学习，审查加速器设计和共同研制加速器的有关样机等事项。

从这以后，中美两国科学家在邓小平和卡特共同架设的友谊桥梁上，开始了合作。

从纽约到华盛顿

图 12　1980 年作者随高能物理代表团访问美国时，在纽约留影

在美国的东海岸和西海岸，坐落着 5 个规模较大的高能加速器中心。它们是：纽约附近长岛上的布鲁克海文国家实验室、芝加哥郊区的费米国家实验室、旧金山附近的劳伦兹伯克利国家实验室、阿贡国家实验室和斯坦福直线加速器中心。

到达纽约后，我们被安排住在一个名叫维多利亚女王的旅馆里。从旅馆老旧、狭窄的楼梯看，这个建筑物的建造历史相当久远。

清晨，著名物理学家吴健雄及其丈夫袁家骝教授，笑吟吟地出现在我们面前。稍事寒暄后，两位科学家亲自驾车带我们逛纽约。

来到纽约的大街上，只见各种肤色的人，熙熙攘攘，匆匆而过。

吴健雄和袁家骝当时都已经退休，我想，他们可能是受美国能源部指派前来接待我们的吧。

那天早晨，我们跟随吴健雄和袁家骝来到纽约的曼哈顿地区参观。曼哈顿是个四面环水的狭长的小岛，向南北绵延 20 千米。夹在东边的东河和西边的哈德逊河上下汇流间的花岗岩小岛上，矗立着许多高楼大厦，世界闻名的自由女神，就在高楼大厦的前面，高擎着火炬伫立水中，凝视着过往的船只和人群。

曼哈顿是个日夜喧嚣的地方。各种飞行器不停地在头顶上呼啸盘旋，飞机起降的轰鸣声不绝于耳，夹杂着高音喇叭里喋喋不休的英语解说，使人觉得仿佛进入了一个异常热闹的大集市。

那天，20 世纪最杰出的实验物理学家之一吴健雄身穿中式的花旗袍，和她的丈夫袁家骝带我们乘船围着“自由女神”在水中边转悠边聊天。

吴健雄温文尔雅。谈话中，她用缓慢优雅的声音称呼她的丈夫：“家骝——”我问她最近可去过中国，故乡浏河还有亲人吗？她笑吟吟地对我说，她和袁家骝时常回国，家中还有侄子、侄女……

当时，吴健雄教授刚从她工作了数十年的美国哥伦比亚大学退休不久。众所周知，20 世纪 50 年代李政道、杨振宁提出的在弱相互力作用下，宇称不守恒的理论，

图 13　物理学家吴健雄

图 14　1980 年随中国高能物理代表团访问美国时，作者在纽约与著名物理学家袁家骝合影

就是她做实验证实的。因此，她在美国乃至全世界物理学界享有盛名，她曾担任过美国物理学会会长。

当时，我近距离接触吴健雄教授，完全感觉不到她是一位赫赫有名的大科学家，而是一位和蔼可亲的中国老太太。

中国代表团中，除少数科学家外，大都是第一次出国，因此，各种见闻都很新奇。尤其是进入像美国这样的发达国家，对电视机、录音机、照相机更是渴望拥有。但那时，国家还很穷，不可能满足这方面的需求，因此，中国常驻美国的科技人员，常常慷慨资助。

中国代表团副团长张文裕教授对物质的需求很淡漠。他回国前，曾在美国普渡大学、普林斯顿高等研究机构做过客座教授。当时，美国正在研制世界上第一颗原子弹，科学家们正千方百计地设法弄清组成原子核的各种粒子的特性。

1948 年夏季的一天，张文裕利用宇宙线发现了有些意外的电子的轨迹。计算结果表明，它们是由 μ 介子在原子核的周围跃迁时放出的辐射引起的。

μ 介子

由物理学家张文裕于1948 年发现。μ 介子是一种带负电的强子，由一个夸克和一个反夸克构成，受到强相互作用力作用。

这个重大发现，使人类对原子核的认识前进了一步。

1953 年，美国哥伦比亚大学建成世界第一台高能加速器，美国科学家在这台加速器上所做的实验证实，张文裕的发现是千真万确的，为了使探索核物理的后来者记住这种原子的首次发现人，决定给它取名叫“张原子”。

“张原子”的发现，引起了美国人对张文裕的注意。美国人劝他加入美国国籍。他断然拒绝了。

“不，我是个中国人，我的祖国需要我。”他说。

“后来，你和王承书教授是怎样回国的？”我问道。

在那些日子里，我和张文裕教授朝夕相处，因此很想知道他的人生经历，何况，他又是中国未来第一台高能加速器建造工程的主要负责人呢。

张文裕说，中华人民共和国成立以后，在美国留学的成百上千的留学生打着标语牌，呼喊着口号从四面八方涌上街头。标语牌上写着：“我们要回家！”“反对美军侵略朝鲜！”就在一批又一批中国留学生到白宫前面的草坪上静坐示威的时候，张文裕和妻子——著名物理学家王承书也在筹划着怎样尽快回到新生的祖国。但是，朝鲜战争爆发使得他们的申请一次次受挫。

1956 年 6 月里的一天，张文裕和王承书在旧金山登上了一艘远洋轮船，就要起锚时，美国移民局的官员忽然喊道：“张博士，张博士，请你到岸上来一下！”

张文裕应声来到岸上，他再次出示了出境签证，回答了检查人员提出的问题，说明自己是回国探亲，而不是永久地离开美国，检查人员这才放他上了船。

他就这样告别了侨居 13 年的美国。

回国后，张文裕先后担任了中国科学院原子能研究所和高能物理研究所所长。其间，还被中国政府派往苏联杜布纳联合核子研究所任中国组组长。

当时，他正带领人们筹建中国第一台高能加速器。

旧地重游，言谈话语中，他对当年毅然回到贫穷落后的祖国毫不后悔。他说，美国再好，也不是他的国家，在那里，他是“客座教授”。

他对中国代表团中有的成员追求物质的欲望，一笑了之，不以为然。

到达美国之后，张文裕教授早年在美国的同学、学生纷纷前来看望他，他和吴健雄、袁家骝夫妇更是老相识，相处中，显得格外亲热。当年，张文裕在美国教过的一个学生，名叫瓦里曼，几乎天天来看望他。

一个炎炎的夏日，我们驱车来到纽约附近的长岛，著名的布鲁克海文国家实验室，就坐落在这个岛上的一片橡树林里。

进入这个实验室的大门，门洞里两旁的墙壁上悬挂着曾在这里工作过的有成就的科学家的巨幅照片（美国的各个实验室都有这种摆设），在这里，或在美国的其他科研机构，处处都让人觉得当局对科研人员非常重视，对像高能物理专业的基础科学尤其重视。

在布鲁克海文国家实验室的地下隧道里，置身于由成千上万种仪器、设施组成的巨型高能加速器，中国来访者大开眼界，与此同时，也对建造加速器的难度有了更深刻的了解。

离开布鲁克海文国家实验室，我们走进了一片树林。从炎热的城市乍一走进这片林子，凉爽宜人的感觉油然而生。

进入林子不久，走进了一座棕色的木板房里。有人对我说，这个房子是李政道教授的“茅屋”。原来，所谓的茅屋，是由当局为有成就的科学家准备避暑用的房子。每逢暑期，科学家们就带领家人住进“茅屋”，“茅屋”里各种设施齐全，科学家们在这里度过炎炎夏日，或思考，或进行科学研究，盛夏过后，走出林子，以饱满的精神投入到工作中。

那天，李政道教授的夫人秦惠箬为我们准备了丰盛可口的午餐，席间，宾主热烈地谈论着即将动手建造的中国第一台高能加速器的事情。

图 15　1980 年随中国高能物理代表团访问美国时，作者在白宫前留影

离开纽约，我们来到华盛顿。与纽约相比，这里宁静许多。这座美国名城，没有高大的建筑物，没有喧闹的人群。

穿过一片绿色的草坪，我们参观了美国科学院。门前端坐着巨大的爱因斯坦铜像，神情严肃地注视着我们这些从大洋彼岸来的不速之客，他仿佛向人们诉说着“相对论”的续篇……

一天，我们被带进了一个凉爽的、有空调的影院，观看了宽银幕电影《活的星球》。

在华盛顿，在规定的时间里普通人也可以进入白宫参观。美国能源部派人带我们参观了白宫的房间，我们在白宫前面照了很多照片。

原野上矗立的 H 形建筑物

顺便说一句，当时，在美国，城际之间的交通工具主要是飞机。因此，两个城市即便距离很近，也要乘飞机出行。

我们访问费米国家实验室时，在芝加哥机场（当时是世界上最大的机场）听说一架 DC-10 飞机刚刚出事。这使代表团成员们心中不免有些惶恐。因为我们进入美国后，也常常乘坐 DC-10，不过还好，一路上总算平安无事。

那天，在机场熙熙攘攘的人群中，忽然见到李政道教授的身影。原来，他是特地抽时间前来接我们的。

在旅馆安顿下来之后，我们来到芝加哥郊区一个名叫巴塔维亚的地方，参观了著名的费米国家实验室。

第二次世界大战末期，美国物理学家费米（E.Fermi）到芝加哥大学物理系以他的名字命名的实验室工作。当时美国各大学正在恢复学术研究工作及研究生教育。芝加哥大学招收的研究生特别多，其中有许多人是慕费米的大名而来的。其中就包括李政道和杨振宁。

杨振宁在《介子是基本粒子吗？》一文中这样写道："费米讲课非常明白易懂，他的特点是每个题目都从头讲起，尽可能避免形式化。费米习惯于每周对很少几个研究生做一两次非正式的不需准备的晚间演讲。除了正式的和非正式的课程之外，费米将他的午餐时间，全部献给了研究生。"

费米逝世后，杨振宁这样评价他："有人说，人的生命不应以年，而应以成功的事业来衡量。恩里科·费米的多种事业之一是作为芝加哥大学的一名教师，他曾经直接或间接地影响了我这一辈的众多的物理学家。”

入夜，远远望去H形的费米实验室依旧灯火辉煌。巨型粒子加速器正日复一日、年复一年地探索着粒子世界的奥秘。

在芝加哥，我们还参观了举世闻名的希尔斯高楼。路过一片破旧的黑人居住区时，被告之，一个人千万别随便上街，因为在美国当时只要有30美元，就能买一把左轮手枪。

“如果遇上黑人向你要钱，千万别反抗！”其实，这些叮嘱都是多余的，因为代表团每个成员当时口袋里只有在国内出发时临时发的出国费——30美元，对美国枪支泛滥、治安情况差，印象深刻。

回到旅馆，旅馆的女老板——一位台湾中年妇女，上门找我攀谈。她说，幼年她随父母从台湾来到美国。她是山东人——和我是老乡，攀谈中，对我很热情，分别时执意要送给我口红和香水。我谢绝了。因为我知道按纪律，我不能随便收礼物。过后，我对代表团负责人赵东宛谈了这件事，他听了笑着说：“其实，你收下也没有关系！”

从旧金山到底特律

“圣弗兰西斯科到了！”机舱里传来美国女乘务员嘶哑的声音。

访问中，吸烟的人们随处可见，就连乘务人员在飞机上也可以随便吸烟，因而女乘务员声音嘶哑。

下了飞机，进入旧金山（华人把这个城市叫三藩市），在一位华人向导的带领下，我们参观了横跨旧金山海湾的金门大桥。进入旧金山市区，我们看见起伏不平的街道上行驶着叮当作响的有轨电车。由于美国建国时间不长，因此，全美几乎没有任何古迹。在市区的唐人街上，矗立着孔子的巨大塑像，还有仿制的古罗马时代的建筑物。我们来到郊区的斯坦福直线加速器中心。受到负责人、犹太裔的科学家潘诺夫斯基的热情接待。

当时正值美国国庆，潘诺夫斯基的夫人特地在家中做了丰盛的午餐招待我们。

“基——”夫人用温柔的爱称呼喊丈夫。

“哎——”潘诺夫斯基用同样亲昵的声音回答。

在这位科学家的家中，我们第一次见到了电脑，当时，在我们国家这还是个稀罕物。潘诺夫斯基熟练地用电脑和正运行的加速器中心联系，准确地掌握着加速器的运转情况和数据。随后，他又引我们进入实验区，参观了这里的高能加速器。

在这之后，潘诺夫斯基曾多次来中国，帮助建造北京正负电子对撞机。

到达底特律之后，给我们当向导的方迈格是位金发美国青年，他和另一位美国青年人讲一口流利的汉语。两位美国青年带我们参观了福特汽车厂。

巨大的场房里，装配汽车的流水线不停地转动着。黑人工人身旁放着收音机，收音机里放送着声音很大的流行音乐，工人们边听边装配汽车。

“丰田产量快要赶上福特了！”方迈格惊呼。

当时，中国的主要交通工具还是自行车，汽车离普通老百姓似乎还很遥远。如今，情况大变，走在北京街头，看着长蛇般的汽车队伍，怎能叫人不感叹改革开放 40 年的巨变！

在黄石公园

我们乘飞机去丹佛时，空中雷电交加。飞机被巨大的气流打得忽上忽下，在黑云中穿行的飞机，不时被闪电照得发出巨大的声响，处境十分恐怖。

“这次，我们可能不能安全着陆了！”人们在惊恐地议论着。忽然传来英语声音：“请大家不要惊慌，飞机上有很好的雷达设备，不要惊慌……”经历了穿越电闪雷鸣的飞行，我们降落在丹佛机场。

雨过天晴。在一个乡村别墅里，主人用油炸大龙虾招待我们。顺便说一句，在美国一个多月的访问中，几乎我们一下飞机就受到美国能源部设宴接待。一次宴会长达 3~4 个小时，宾主主要在席间讨论工作。

那天，一位 20 多岁的美国女孩手托着盘子微笑着，欢快地走着，用英语呼喊着，把一盘盘香喷喷的大龙虾端到我们面前。

随后，一位美国大学生（暑期打工者）边开车边解说，带我们参观了著名的黄石公园，还带我们乘橡皮艇游览了密西西比河。

“看来，美国人对我们很不放心，没有安排我们参观洛斯阿拉莫斯国家实验室(美国原子弹研制基地，又称秘密城）。”离开美国时，张文裕教授悄悄地对我说。

在欧洲

结束了在美国的访问，我们乘飞机到达汉堡。

在汉堡街头，不太高的五颜六色的建筑物前，放着许多塑料垃圾袋，有电视机、洗衣机，留学生们初来乍到，常靠捡这些剩余物资过活。向导是个德国人，他自豪地对我们说，第二次世界大战时，这个城市曾被苏联红军夷为平地，很快，德国人又按原来的样子重建起来。

在汉堡，我们参观了德国电子同步加速器中心(DESY)，这个中心的负责人朔佩尔教授在家中设宴款待我们。同时，还让我们见识了他家巨大的室内游泳池。

欧洲的国家密集，一个国家大约与我们一个省的面积不相上下。因此，在这里不必乘飞机，从汉堡到日内瓦，到巴黎，乘坐短途火车或汽车一两个小时，甚至更短的时间就可以到达。

在巴黎，我们参观了周恩来勤工俭学时住过的旅馆。拜访了拿破仑墓，过凯旋门来到著名的巴黎圣母院。面积不大的巴黎圣母院大厅里点着许多蜡烛，在幽暗的烛光中，有的女孩正在泪流满面地祈祷。雨果笔下的《巴黎圣母院》使这座建筑物四海闻名。

在巴黎，许多建筑物都有白色的精美的雕塑；在这个城市，上厕所要收费，为此，胡宁教授很恼火。

到达日内瓦，我们参观了位于法国和瑞士的欧洲核子研究中心（CERN），当时，杨振宁正在这里做访问学者。他热情地陪我们参观这个巨大的加速器

图 16　中国高能物理代表团访问汉堡的德国电子同步加速器中心（DESY），左 1 为物理学家张文裕，右 2 为该中心负责人朔佩尔教授

中心。

参观中，杨振宁突然问我：“你看过於梨华写的《又见棕榈　又见棕榈》吗？”

“看过。”我说。

“国内有些年轻人误以为国外遍地是黄金，因此千方百计地想到国外来。其实，国外的情形并不是他们想象的那样。”“凡事不通过自己的努力，是不会有收获的。”杨振宁说。

当时，国内正涌动着出国潮。我想他的这番话可能是针对有些年轻人盲目地追求到海外发展说的吧。

杨振宁教授这番意味深长的话，久久地留在我的记忆中。每当想起他的这番话，我都深深地体会到旅居海外的人们的境遇，以及他们那种苍凉的心境。

多娇江山上的一丛红花

1984 年 10 月，邓小平亲自给工程奠基。全国几十个单位、上千位工程技术人员，立即投入了建造中国第一台加速器的工作。到 1986 年春天，对撞机主体专用的 6 项关键设备研制出样机，并且通过了技术鉴定，其他各种设备也陆续研制完成。600 多米长的地下隧道部分竣工。一个吸引国内外物理学家共同探索微观世界奥秘的大型国家实验室，在中国大地上拔地而起。

1988 年 10 月 16 日凌晨 5 点 56 分，中国第一台高能加速器——北京正负电子对撞机 BEPC，实现了低亮度下的正负电子对撞。

承载着几代科学家的智慧和汗水的 BEPC，眼下正在北京八宝山附近的地层深处日夜不停地运转着。它的出现，标志着中国进入了与欧美各国大型加速器逐鹿的行列。

当年，著名物理学家李政道曾热情地协助中国建造这个工程。建成后，他兴奋地说："中国有句古话，行百里者半九十。也就是说，越往后越困难。许多美国科学家原来有些担心：中国能不能建造如此复杂、尖端的大型科学实验设施，是否步子迈得太大了。经过实地参观，大家有信心了，中国人能做到。"

1978 年 8 月 20 日，杨振宁回美国之前，在机场，他紧紧握着前来送行的张文裕的手，说："我今天很高兴，能送给你这本画册，特别是，我在上面还写了几个字。"

张文裕接过画册，掀开一看，杨振宁在扉页上写的是："文裕师，我以十二万分的诚意，祝贵所建成新的实验基地，在如此多娇的江山上加开一丛红花，我将继续尽我的能力，协助你们的工作。"

光阴似箭。如今，张文裕、谢家麟等科学家已经去世。其他科技人员也都已成为老人。

但是，他们以及成千上万名建设者们在如此多娇的江山上用自己的智慧和汗水种植的这丛红花，却依旧茁壮成长着，给后人留下了一座不朽的丰碑。

图 17　物理学家谢家麟

图 18　北京正负电子对撞机建成 30 周年纪念，作者在研讨会上与著名加速器专家方守贤院士（右 1）及对撞机国家实验室主任陈和生院士（左 1）合影

不久前，北京正负电子对撞机建成 30 周年庆祝会在北京举行，我应邀参加了这次聚会，会上，科学家们抚今追昔，决心继续努力，使中国的高能物理这门大科学尽快进入世界先进行列。

改革开放的先行者——方毅[①]

2007年8月7日上午，北京下起瓢泼大雨。在北郊宾馆的会议室里，《科技日报》举行的纪念邓小平主持召开的科教座谈会30周年的会议上，人们激动地回忆起30年前那次具有历史意义的座谈会时，曾多次提到国务院原副总理、国家科学技术委员会和中国科学院负责人方毅同志。参加会议的有当年为邓小平同志起草全国科学大会讲话稿的“秀才”们，也有方毅同志当年的秘书。我作为报道那次座谈会的记者，也在被邀请之列。

窗外的雨越下越大，窗内，人们热烈的话语，压过雨声，穿越时空隧道，仿佛又回到了30年前那个难忘的夏天……

我和方毅同志在刚刚粉碎“四人帮”之后相识。

唐山大地震的梦魇即将结束的时候，我还在北京三里河国家地震局临时搭起的抗震棚里忙碌着：参加震情会商会，不停地给新华社用电话传送内参稿。

一天，我正在三里河河边的抗震棚里工作，忽然走进来一位身材瘦小、精神矍铄的中年人。

“这位是方毅同志，今天他特地来看看你。”陪同方毅同志一起走进来的秘书郭日方同志介绍说。

“噢，方毅同志，请坐。”这意外的来访，使我有些惶恐。

我和未来的国务委员、中国科学院党组书记兼院长方毅同志（郭沫若院长去世以后由方毅接任）就这样相识了。他在那次微服私访中，仔细询问了我多年报道中国科学院了解到的情况，尤其是“四人帮”当权时，领导成员们的表现。我就自己知道的情况，认真、如实地向他做了汇报。

① 顾迈男．科学家的挚友：忆方毅同志[J]．新闻爱好者，2008（7）．收入本书时有修改补充。

从这以后，方毅同志时常约见我，他的一次次微服私访，我至今记忆犹新。

一天，他同我谈了他自己的经历。他说，解放战争期间，他在新四军负责后勤工作，由陈毅同志直接领导。

“淮海战役时，我负责打扫战场。有一次，陈毅同志对我说，你要千方百计地做好后勤工作，不然，你——提头来见！”方毅同志笑着说。来中国科学院工作之前，他负责对外经济贸易部的工作，曾多次去非洲，当时正在修建的坦赞铁路，是由中国援建的。

“‘文化大革命’中，有一次，一名‘四人帮’的干将与我同行，此人不学无术，一路上哼着小调：二月里来，好春光……他见我用英语同外国人交谈，竟说：‘你跟他谈什么？你是不是里通外国啊？！’弄得我真是啼笑皆非！”方毅同志笑着对我说。

方毅同志在担任中国科学院的负责人期间，经历了全国科学大会，以及改革开放等一系列重大事件。他虽然身体欠佳（患有糖尿病），但是却兢兢业业地、出色地完成了全国科学界的繁重的领导工作。工作中，他一丝不苟，认真负责，更难能可贵的是，他热情支持新闻宣传工作。他处理的几件事，给我留下了深刻印象。

图 19　方毅在全国科学大会上作报告

在全国科学大会期间，方毅同志作为中国科学界的负责人工作十分繁忙，尽管如此，他对宣传工作还是给予了大力的支持。他亲自审阅了大会的开幕新闻稿。开幕那天，方毅亲自带我采访了邓小平同志。这之前，在著名的“8·8座谈会”上，有一个多星期的时间，我天天见到邓小平同志，座谈会闭幕时，我当场把邓小平的讲话写成新闻稿，请他审阅，但时间较短。那天，在人民大会堂的西大厅，方毅同志带我去见邓小平同志，他迈着急促的步伐在前面走，我忙不迭地在后面追。见到邓小平同志时，方毅同志从我手中拿过邓小平同志在全国科学大会开幕时的讲话摘要稿，说："邓副主席，新华社的小顾同志请您审阅一下您的发言稿……"

方毅同志随即抖擞起精神，大声地朗读起来。两位领导同志面对面地站着，直到方毅同志一口气把我带去的邓小平在开幕式上的讲话摘要稿（数千字）读完。

"可以嘛，我看可以！"最后，邓小平说。

作为一名科技记者，我目睹并报道了全国科学大会的全过程。

改革开放也使得我们记者有了著书立说的机会，在撰写了《华罗庚传》之后，我又写了《炎黄之光——顾迈男科技新闻通讯选》一书。这本书的出版，也得到了方毅同志的热情支持，他在百忙中，亲自为该书题写书名并作序。

1979 年，方毅同志跟随邓小平同志到美国访问。他代表中国科学技术委员会与美国能源部签订了中美高能物理合作协议。其中最重要的内容是：美国的科研机构、各大加速器中心，将帮助中国建造中国第一台高能加速器——北京正负电子对撞机。

这台耗资以亿元人民币计的大型科研设备的建成和运转成功，凝聚着国家领导人周恩来、邓小平，也包括方毅，以及几代科学家的智慧和心血。可以说，它是几代科学家梦寐以求的产物。回忆在它诞生前后的采访，至今我仍十分兴奋。

那是 1978 年春的一天，我在北京三里河国家地震局临时搭起的抗震棚里，拿到一封由著名物理学家张文裕等 18 位科学家写给党中央的信件。在信中，张文裕等人叙述了世界各国高能物理以及高能加速器发展的历史和现状，他们非常殷切地希望党中央能够关注这门尖端科学，积极筹集资金，调集人力、物力，尽快建造起中国的高能加速器。在这之前，我对高能物理这门科学知之甚少，但是，作为一个国家通讯社的记者，我认为我有责任反映科学家们的呼声和要求，尽自己微薄的力量帮助他们，何况，这是关系到提高国家科学技术水平的大事，因此，我毫不犹豫地把科学家们的信件转交给了新华社的领导，他们很快便送给了当时的党中央负责人，在这之后，我又采写稿件通过内部舆论，帮助高能物理研究所要回了他们现在北京西郊玉泉路的所址。从此以后，在长达 20 多年的时间里，我和高能物理学领域里的科学家们成了好朋友。

进入中国高能物理领域采访之后，人们对我说，获得诺贝尔物理学奖的华裔科学家中，有 3 位都在高能物理领域，他们是：杨振宁、李政道和丁肇中。

当时，我虽然还未直接接触并采访上述 3 位著名华裔物理学家，但我想，他们既然在这个领域里做出了获得诺贝尔奖的成就，他们的人生经历和业绩，一定非同一般，作为采访这个领域的记者，我有责任把这些明星般人物的成长道路和成就，介绍给读者，尤其是介绍给年轻人，使他们从中汲取奋发向上的力量。

1979 年春天来临。人们欢呼科学的春天来了，北京地区各个研究所里一片繁荣景象。为了报道这种新气象，我曾多次在晚上去中关村的各个研究所采访，所见所闻，果然生机勃勃。于是，我怀着一腔激情，采写了通讯《中关村的灯火》。

一天，我在中国科学院科技大学研究生院采访时，听这个研究所的负责人吴塘同志说，李政道教授正在北京科学会堂讲学，很轰动。他说，遗憾的是，国内的报刊对此并未宣传，《人民日报》也只在《送往迎来》的专栏里，登了一条几十个字的短新闻。

“李先生讲学很卖力气，早晨三四点钟就起床备课，嗓子讲哑了，也不休息，你能不能做些深入的采访，写些报道？”吴塘建议说。

过后，我把吴塘的上述要求向编辑部汇报以后，编辑部同意我去北京西郊的科学会堂采访。于是，在长达几个星期的时间里，我天天坐在听众席上，认真地听李政道讲课，课余时间便找些了解李政道的教授和科学家们座谈，在现场目睹了讲学的盛况。外围采访进行得差不多的时候，一天，我采访了李政道本人，不料他却把采访时间安排在他讲课的休息时间。那天下午，李政道显得很疲惫，他一面用沙哑的声音回答我的提问，一面往嘴里塞润喉片。

又经过几天的采访，我写了长篇通讯《李政道教授在中国讲台上》，新华社对国内外播发后，1979 年 5 月 18 日，《人民日报》等国内外报刊在显著的位置刊出。有的海外华侨报纸在刊登时，还配发了评论。这篇通讯在海内外的华裔科学家中，也引起了很大的重视。

一天，我在中国科学院采访时听说，著名物理学家丁肇中教授提出，他也要来中国讲学，讲学的范围可以和李政道一样。为此，方毅同志的秘书郭日方同志找到我谈了上述情况，他说，方毅同志建议我再采访丁肇中教授。

于是，在丁肇中来中国讲学的半个月以前，我又到中国科学院和高能物理研究所，找到了解丁肇中教授的科学家们进行外围采访，并找来1976年丁肇中获奖时的演讲稿《个人的回忆》，仔细地研读。当然，在这同时，我还请他在国内的同行给我做了科学普及工作。

不料，当万事俱备只欠东风时，却遇到了意想不到的困难——中国科学院外事局的一位苏处长，直接负责接待丁肇中，这位苏处长断然拒绝了我的采访，理由是，丁肇中来华讲学的时间短促，有许多活动，因此抽不出时间来。

那时，我年轻气盛，把完成采访任务看得高于一切，万般无奈之下，我把状告到了方毅同志那里，希望他能支持这次采访，尽快安排我与丁肇中见面。

方毅同志二话没说，当即严肃地批评了这位苏处长。他对苏处长说："我们的高能加速器建成后，需要大批训练有素的物理人才，我们需要丁肇中教授的支持与帮助，你为什么不让记者采访他？"

就这样，在方毅同志的直接过问和干预下，1979年秋天一个晴朗的午后，下午两点半钟，我在北京饭店的一个房间里，初次见到了丁肇中教授。

那天，丁肇中穿着一身黑色的西装，系着红色的领带，满头乌发，红光满面，英气勃勃，看上去不像43岁的人。见面后，他笑吟吟地和我握手问好。然后，坐下来仔细地听我的提问。在长达1个多小时的采访中，丁肇中用带有山东日照一带的乡音侃侃而谈，他从伽利略在比萨斜塔上丢下两个大小不同的物体如同那时的直线加速器谈起，到19世纪末X光的发现，即当时的高能物理研究，一直谈到20世纪30年代中子的发现，以及后来越来越多的新粒子的发现。

在这次采访中，丁肇中还对我谈了他20岁离开台湾到美国求学的经过。访问快要结束的时候，我请他谈谈自1975年以来4次访问中国的观感，他坦率地谈了自己的看法。

访问结束以后，我写了长篇通讯《丁肇中教授谈科学实验》。这篇通讯由新华社对国内外播发后，1979 年 10 月 7 日，《人民日报》在显著位置刊出。

这次采访中间虽然有过波折，但结果还是圆满的。也许是因为我的工作，使得当时国家科学技术委员会和中国科学院的负责人比较满意，1980 年年初的一天，当时的国家科学技术委员会负责人赵东宛同志对我说，要我随中国高能物理代表团访问美国和欧洲的各大加速器中心，经请示，新华社当时的负责人穆青同志当即同意我跟随代表团出访。

就这样，1980 年 6 月的一天，我作为代表团中唯一的女记者，访问了欧洲和美国的各大加速器中心。

在全国科学大会召开前后，据方毅同志当时的秘书郭日方同志回忆，邓小平曾多次请方毅到家中商议制定恢复高考和科研工作的许多重大政策。科学和教育界至今仍沿用的许多政策，也凝聚着方毅同志的心血。方毅同志作为科技界的负责人，曾协助邓小平同志制定了一系列重大的科学和教育方面的政策，他忠于职守，不愧是科学家们的挚友和领路人。

如今，方毅同志已经作古，但是，作为科学家和记者的挚友，他的风范却永远地留在了人们的记忆中。

春风拂岭南

——广州粒子物理理论讨论会散记

图 20　1980 年 1 月 4 日，广州粒子物理理论讨论会（左起：彭桓武、李政道、周培源、杨振宁、朱洪元）

广东从化温泉，流溪河畔，山清水秀，莺啼燕啭。20 世纪 80 年代第一个春天，来到了岭南。

出席广州粒子物理理论讨论会的科学家们，从五湖四海走到一起来了。1980 年 1 月 4 日傍晚，海外来的科学家们从广州驱车前往从化。李政道教授和夫人秦惠箬首先上了车，随后杨振宁教授也满面春风地走上车来。两位科学家见面后互相握手问好，他们同其他科学家一起，一路上说说笑笑，来到从化。先期到达的有关方面负责人和科学家周培源、钱三强、张文裕、赵忠尧、朱洪元、彭桓武等，在住处门前迎候。海内海外，新交老友，欢聚一堂，人们连连兴奋地说：难得，难得。他们当中，有国际上著名的科学家，更多的是后起之秀，其中有的是父子、兄弟，还有师生、同学或校友。最年长的是周培源教授，最年轻的是 28 岁的研究生钱思进。若以师生关系论，可以说是“五代同堂”了。

讨论会开始以后，科学家们在会场上、餐厅里、住所内，热烈地讨论学术问题，畅叙久别重逢的喜悦。欧洲核子研究中心的陈匡武教授谈到观感时说，他离开故乡时只有 11 岁，那时广东中山县盛产稻谷，可是人民还是吃不上干饭，只能喝稀粥，还要加些番薯。他还记得一个和他很要好的小朋友，就是因为吃不饱饭，营养不良，夭折了。回忆往事，陈教授很激动。他说：这次回来，一路上看到人们都比过去高兴得多了，各方面的建设也比过去有了很大的发展，心里的确很高兴。

提高整个中华民族的科学文化水平，促进国内科学技术的发展，是到会科学家们的共同心愿。许多科学家休息时间聚在一起谈心，商量进一步扩大学术交流，交换研究心得。有些海外来的科学家，为了赶在做报告之前把自己的论文译成中文，到达广州后做的第一件事就是购买物理辞典。美国哈佛大学教授吴大峻，为了做好学术报告，准备到凌晨三点钟才睡觉。在讨论会进行期间，海内外科学家们午夜以前睡觉的很少，心情兴奋啦，睡不着呀。不少科学家是数十年来第一次回到祖国，要看的东西很多，可他们最关心的却是利用有限的时间为中国的四个现代化做贡献。德国柏林自由大学理论物理研究所孟大中教授表示，讨论会结束后他要放弃游览，要到上海、北京、济南、兰州等地的科学研究单位和高等学校讲学，同国内的同行进行学术交流。已经在国内讲学半年多的美国麻省理工学院黄克孙教授，除准备会后继续到中山大学讲学外，还积极帮助在语言上有困难的海外学者准备学术论文。来自新加坡南洋大学的潘国驹教授，利用休息时间为国内的“四化”提建议。

科学家们的蓬勃热情连他们的夫人、孩子们也受到了感染。美国康奈尔大学费米研究所戴自海教授的夫人杨碧观，在生物化学的研究方面很有见地。十多年来，她就想回国观光，对桂林的山水尤其向往。这次她听说国内同行在人工合成核糖核酸方面取得重要突破，决定放弃去桂林的计划，要直接到北京、上海等地进行学术交流。澳大利亚墨尔本大学卢遂现

图 21　1980 年广州粒子物理理论讨论会期间，作者请杨振宁审稿

教授 9 岁的儿子第一次来中国。他汉语、英语都讲得很流利，和宾馆的服务员交上了朋友，当了他们的英语“教师”。

海内外老科学家们聚到一起谈得最多的话题是如何推动国内科学技术的发展和如何培养、训练青年科技人才。中青年科学家们互相谈心时，热切希望今后多交流，多联系，共同提高。34 岁的美国宾夕法尼亚大学徐一鸿教授，离开中国时只有 4 岁，这是首次回来。他和国内研究工作者李小源交谈时说，他到过世界上许多国家，对国际上粒子物理研究的状况比较熟悉，这次回来才知道国内也有许多很有天赋的青年物理学家，他们在粒子物理方面也做出了许多杰出的工作，可惜这些工作没有拿到国外去交流。他希望会后加强这方面的交流。

杨振宁教授喜悦地评价这次会议说：“开得好，很成功。”他的话代表了许多科学家的共同看法。杨振宁教授认为，自 1976 年以来，短短 3 年时间，国内粒子物理研究的发展是可观的。他对国内 40 岁上下的研究工作者涌现之多，感到欣喜。李政道教授说，过去大家都是点的接触，顶多是线的接触，这次可以说是面的接触。

你相信吗？这些在微观世界进行艰苦探索的人们，胸中同样澎湃着感情的浪涛。在科学盛会期间，钱三强教授倡议召开一次赛诗会。科学家们纷纷欣然命笔，赋诗抒情。卢遂现教授说，听了李政道教授和杨振宁教授在开幕式大会上的讲话，心情很不平静，当夜赋诗一首：“唐初南昌盛会开，人杰地灵叹诗人。陶然厅上今胜昔，中华民族英姿发。黄帝子孙四海归，涓涓支流入主流。滔滔江水育原野，请君拭目长远看。杨柳纷纷两岸飘，李桃丰实遍群山。”冼鼎昌教授的诗中说：“华裔同行遍四洲，李杨才调擅风流。喜看后学追前辈，盛会纵谈兴未休。”何祚庥教授的诗说：“华夏子孙大团结，定夺四化二千年。”

中国第一个高能物理实验中心[1]

——北京正负电子对撞机在科学的春天破土而出

2012 年 2 月 14 日，中国科学院高能物理研究所原副所长谢家麟院士作为 2011 年度国家最高科学技术奖获得者之一，从胡锦涛总书记手中接过了奖状。谢家麟院士之所以获奖，是和位于北京西郊八宝山附近的地层深处的中国第一台，也是唯一一台高能加速器——北京正负电子对撞机密不可分的。这台耗资以亿元计的大型科研设备正年复一年昼夜不停地运转着，吸引着全世界的科学家不远万里前来这里，或做实验，或进行学术交流。它的建成，凝聚着周恩来、邓小平等领导人以及几代科学家的智慧和心血。回忆起在这台对撞机建成前后的采访，我至今难以忘怀。

有幸成为高能物理学家们的代言人

那是起源于 1978 年春高能所周成奎交给我的一封由著名物理学家张文裕等十几位科学家写给中共中央的信件，这些科学家们在信中叙述了世界各国高能物理以及高能加速器发展的历史和现状，殷切希望党中央能够关注这门尖端科学，积极筹措资金，调集人力物力，尽快建造起中国的高能加速器。

我立即将科学家们的信转交给当时新华社的负责人，他们很快便报送给了邓小平等国家领导人。在这之后，我又通过内部参考帮助高能物理研究所要回了他们在玉泉路的办公楼。就这样，我和中国甚至一些国外的高能物理领域里的科学家们成了好朋友。

人们可能要问：中国为什么投巨资建造高能加速器？发展高能物理这门所谓的“大科学”有什么用？

---

① 顾迈男．北京正负电子对撞机建成前后 [J]. 百年潮，2012（4）．收入本书时有修改补充。

实验是自然科学的基础。

关于这个问题，美国著名华裔科学家、诺贝尔奖获得者丁肇中教授曾经对我讲过这样一番话："这可以追溯到很久远的年代，意大利科学家伽利略做过一个很有名的实验，他从比萨斜塔上丢下了两个大小不一样的物体，从而证实了重力加速度是一个常数，这可以说是那个时代的直线加速器。到了19世纪末期，X光的发现，相对地说，这算是当时高能物理的研究。20世纪30年代，中子的发现，以及后来越来越多的新粒子的发现，使高能物理研究的规模越来越大，涉及的学科越来越多，对仪器精密度的要求也越来越高，这是因为科学家所探索研究的粒子越来越小。"而高能物理近年来的研究课题，一方面是寻找基本粒子，另一方面是研究各种力的统一。

加速器问世的时间并不是很久，近些年来，各国科学家已经制造了数百种高能加速器。眼下，世界各国科学家正利用这些加速器，日夜不停地探索着粒子世界的奥秘。世界各国科学家在加速器上做实验，使很多人由于实验中有所发现从而获得诺贝尔奖，20世纪50年代，李政道和杨振宁提出的"在弱相互作用中对等性是否不变"的理论，就是由美国哥伦比亚大学吴健雄教授等利用美国的加速器所证实的。20世纪70年代中期，丁肇中发现J粒子的实验，也是在美国纽约长岛上的布鲁克海文国家实验室的加速器上完成的。

就在欧美各国加速器发展和高能物理实验如火如荼地展开时，中国在这方面的科学研究和实验设备却完全是空白。不仅如此，由于整个国家的科学研究处于落后状态，以至从事这方面研究的科学家在世界到处受气，甚至因被怀疑刺探发达国家关于这方面的研究情报而受到迫害。20 世纪 50 年代，中国著名物理学家赵忠尧在回国途中的遭遇，就曾经轰动一时。

图 22　1989 年 9 月 15 日，赵忠尧在北京正负电子对撞机、北京谱仪鉴定书上签字

20 世纪 20 年代，陆续有一些年轻的中国人到海外，在各国著名的高能加速器中心从事研究工作，物理学家赵忠尧就是其中的一个。他在美国加利福尼亚州理工学院毕业后，回国前，受国内有关部门的委托，采购了一些科学仪器，为的是回国后可以自主地进行核物理方面的研究。此外，他还准备回国后组装一台规模较小的静电加速器。1950 年冬，赵忠尧从旧金山乘船回国，轮船在日本横滨靠岸后，当地美军以“携带原子秘密回共产党中国”为名逮捕了他，随后他被关进日本的巢鸭监狱。赵忠尧被无理关押的消息迅速传遍了全世界。刚刚诞生的新中国立即做出强烈反应：通过电台、报纸发表了一系列抗议声明，赵忠尧在美国的师友也纷纷给予声援。这年 11 月 28 日，美联社从中国香港发过一条新闻：“中国原子能权威赵忠尧教授昨天从日本（他在那里被美国占领军扣留）抵达中国香港，他因据说与钱学森教授案件有纠葛而被讯问。钱学森教授在 9 月初因企图把喷气机材料送往北京，而在洛杉矶被捕。赵氏今日在英国警察的保护下通过中国香港边界。”赵忠尧教授一踏上中国的土地，便受到了接见英雄般的欢迎，当时的中国科学院院长郭沫若组织举行了盛大宴会为他压惊，几天之后，他便进入物理研究所，与钱三强等人一起开始了核物理研究的艰苦创业。

周恩来总理批示：这件事不能再延迟了

回忆起中国建造高能加速器的历史，尤其是中国高能物理界那些创业的日子，科学家们都满腹心酸。

加速器专家谢家麟听到中华人民共和国成立的消息后，很是兴奋。1951 年秋天，他在回国途中，途经檀香山的时候，却被美国移民局扣留，理由是“根据美国的法律，凡是在美国学的专业和战争有关的人，一律不准出境”。他只好在芝加哥的一个医学中心当了建造加速器的负责人。1956 年夏天，他接到通知说，他可以有两个选择：一是限期离境，一是留在美国当永久居民。谢家麟心想，我是个中国人，应当给中国做事，因为中国人对中国的建设负有责任。他就这样回国了。回国后，谢家麟对单位领导表示，要在新中国研制出亚洲第一台电子直线加速器。希望能给他配备两位懂得物理和微波知识的、有 20 年工龄的工程师。在当时的情况下，他的要求当然不可能得到满足，给他派来的是刚走出校门，从未见过加速器的大学生，没有 20 年工龄，只有 20 多岁的年龄。谢家麟没有灰心，经过 8 年的努力，他带领一批年轻的“娃娃”，造出了中国第一台电子直线加速器。

谈起建造高能加速器，徐建铭和方守贤等科学家也难以忘却那些忍气吞声的岁月。1958 年秋天，他们在苏联学习，根据国内的指示，他们向苏联原子能委员会提出希望苏联能援助中国建造高能加速器，遭到拒绝后，他们心想：看来设计和建造先进的加速器，还得靠自己。于是，一气之下，几个人回到旅馆就动手设计起高能加速器来。

回国后的 20 年间，徐建铭、方守贤以及徐绍旺等人，密切注视着国际上高能加速器的发展动态，认真研究世界各国关于高能加速器的设计资料和运行经验，先后设计了不知多少个方案，也不知画了多少张图纸，以后又经历了 10 年动乱，他们的劳动始终是纸上谈兵。

20 世纪 60 年代，中国因为没有高能加速器，科学家们只好去苏联杜布纳联合核子研究所，借助那里的加速器从事高能物理研究。1964 年冬天，周恩来总理访问莫斯科期间，会见了我国在杜布纳工作的专家。他与大家一起吃饭，边听取科学家们的汇报。听完汇报后，他严肃地说："看来，在国内我们自己也必须搞高能物理这门科学。"中苏关系破裂后，这些科学家们被迫回国。

1972年秋天，以张文裕为首的一批高能物理学家，联名给周总理写了一封信，提出了中国发展高能物理的想法和建议。不久，周恩来总理批示：这件事不能再延迟了。科学院必须把基础科学和理论研究抓起来，同时又要把理论研究与科学实验结合起来。高能物理研究和高能加速器的预制研究，应该成为科学院要抓的主要项目之一。

周总理的批示是急切的，但是，要实现周恩来这个愿望，却非易事。在世界上，能否建成高能加速器，标志着一个国家工业和科学技术水平的高低。一些拥有这项设备的国家的科学家，曾不止一次地对中国科学家表示：中国要想建造高能加速器，简直是痴心妄想！当时"四人帮"也不相信中国人有能力造加速器，并千方百计地进行阻挠。他们的逻辑是：中国人连肚子都吃不饱，还搞什么加速器？他们说，发展高能物理是"不积粮、不挖洞、只称霸"。因而，周恩来总理的批示被搁置了。

尽管如此，周总理并未放弃自己的主张。1973年10月13日，周恩来在接见美籍华裔科学家吴健雄和袁家骝时，问张文裕教授：高能物理加速器的预制研究工作进展得怎么样了？张文裕如实地谈了有关情况，表示由于"四人帮"的干扰，研究工作进行不下去。

"这怎么能行呢？第四个五年计划已经过去3年了，只剩下两年了！"周恩来焦急地说。

接见结束时，他又叮嘱在场的中国科学院副院长吴有训，要求科学院尽快制订方案。他同时鼓励大家：一定要排除干扰，把这项研究工作进行下去。

在周总理一次又一次地关怀和督促下，科学家们又聚在一起，一次次开会，一次次磋商，经过反复研究，1975年3月，由国家计委出面，正式向党中央提出了《关于高能加速器预制研究和建造问题的报告》。当时，周总理身患重病，住在医院里，但是他亲自审阅和批准了这个报告。

当科学院的有关负责人向高能物理研究所的全体工作人员传达这件事时，在场的很多科学家都哭了："这恐怕是周总理对国家高能物理事业的最后一次操心了。他病得那么重，还念念不忘建造中国的高能加速器。我们就是有天大的困难，也得干！"

1975 年，全所工作人员一起动手，为建造中国的高能加速器奔忙起来。正在人们干得起劲的时候，"四人帮"在科学院的代理人却说，这项工程并非当务之急，建起来也是一堆"破铜烂铁"。这样，工程又被拖延下来。直到"四人帮"垮台以后，在邓小平的直接过问下，建造高能加速器的工程才真正开始。

邓小平说：中国必须在世界高科技领域占有一席之地

1979 年 6 月 11 日晚上，邓小平和方毅在人民大会堂接见了出席中美高能物理联合委员会的科学家。接见中，邓小平说，对我们中国这么穷、这么落后的国家搞高能这件事，人们提出了一个问题：该不该搞？欧洲核子研究中心（负责由欧洲十几个国家联合建造的、世界最大的正负电子对撞机的日常运转工作）主任阿达姆斯向我提出过这个问题。我就说，不搞也可以，但我们既然要搞四个现代化，就要看高一点，看远一点。这是一个困难的事情，但可以带动许多东西，或许这个决心可以帮助我们发展得更快一点。我们也有懂行的，他们非常积极，我给他们当后勤部长，所以下了这个决心。现在看来，这个决心恐怕是对的。邓小平说，我们耽误了一二十年，真正回头搞，才进行了两年时间，我们自己觉得还是有希望的，但要建立在善于学习的基础上，不但要有决心，还要善于学习。所谓善于学习，包括把国际上先进的东西同自己的实际结合起来。譬如我们穷，就要想些穷办法，结合我们的实际。

但是，当 1980 年底 50 GeV 质子同步加速器被停建后，中国高能加速器的研制又面临着危机。当时，"中国要不要建造高能加速器？""要造一个什么样的高能加速器？"的问题又在国内外引起了很大争议。持反对意见者认为：高能加速器是科学技术发达国家的事情，中国目前还不具备建造高能加速器的能力和财力。而持赞成意见的科学家则坚持认为：中国应该拥有自己的高能加速器，中国人有能力建造好这一台加速器。后者在广泛征求世界各国，特别是美国专家的意见后，结合中国的实际情况，提出了建造一台能量为 5 GeV 左右的正负电子对撞机的建议，这样的加速器既能进行高能物理研究，又能进行同步辐射光的应用研究。这个方案之所以得以确定，朱洪元、谢家麟教授起了很大作用。以上两种意见针锋相对，争论的范围由国内扩展到国外，由科学家扩展到政府官员。1981 年，邓小平当机立断，对建造 2×2.2 GeV 正负电子对撞机的建议给予肯定，他明确指出：我赞成加以批准，不再犹豫。这一批示给中国的高能物理事业注入生机和活力，使中国的高能加速器从危机中走出来。1983 年 4 月，中央正式批准了北京正负电子对撞机工程建造计划。这年年底，中央决定将北京正负电子对撞机工程列为国家重点建设项目，要求在 1988 年底建成，并批准成立北京正负电子对撞机工程领导小组，负责组织领导工程实施。工程领导小组由中国科学院顾问谷羽、国家计委副主任张寿、国家经委副主任林宗棠和北京市副市长张百发组成，由谷羽担任组长。1984 年 10 月 7 日，正负电子对撞机的建设正式破土动工。邓小平等党和国家领导人与科学家们一起为它奠基。

北京正负电子对撞机工程上马以后，科学家们用“终于盼到了这一天”来形容兴奋的心情。

1986 年春季的一天，我来到工程调度室采访。谢家麟、方守贤两位加速器专家热情地接待了我，他们指着墙上挂的“正负电子对撞机进度表”兴奋地说：“自 1984 年 10 月，邓小平同志亲自给工程奠基以来，经过全国几十个单位、上千个工程技术人员的努力，现在对撞机主体专用的六项关键设备都已经研制出样机，并通过了技术鉴定，其他各种设备也陆续研制出来了。600 多米长的设备隧道已经全部竣工。总之，可以说整个工程进展顺利，一个将会吸引国内外物理学家共同探索微观世界奥秘的大型国家实验室，即将在中国诞生！”“建造这样复杂的尖端科研设备，在中国还是第一次，在国际上也是个硬仗，邓小平同志要求我们，加速器必须保证如期甚至提前完成，现在为了给国家拿下这块金牌，全正负电子对撞机就是观察微观世界的眼睛，高能物理研究的超级显微镜。

体工程技术人员正在日夜奋战，各级领导都在亲临第一线……”

“什么叫电子对撞机？它有什么用途？这恐怕是许多读者都希望知道的。”采访中，我对两位科学家说。

他们解释说，对撞机是由成千上万个极其精密的部件有机地串联起来的大型科研设备，通上电流以后，各个部件都得在指定的状态下工作。两个 0.1 毫米厚、1 毫米宽、10 厘米长的由正电子和负电子组成的束团沿着 240 米长的加速管旋转，转一圈撞一次，1 秒钟内要撞 100 多万次，差 1 分 1 毫都会撞不上。因此，要求是很严格的。

说完，谢家麟教授拿来一张纸，他在上面画了三个示意图，说：“基础科学研究非常重要，电视、雷达、X 光、原子弹、原子能，都是在基本上弄清了原子和原子核结构的基础上，才出现的。这些东西的出现，对人类生活影响之大，是不言而喻的。组成物质微观

图 23　李政道与加速器专家谢家麟、方守贤交谈

结构的粒子很小很小，肉眼看不见，即使是用显微镜也看不见。于是科学家们就发明了各种加速器，物理学家就是借助加速器来研究组成物质的最小单元——各种基本粒子的。”

谢家麟说，对撞机是 20 世纪 70 年代以后发展起来进行这种研究的新型加速器，这方面的科学研究每有一次突破，都使人类对自然界的认识前进一大步。

科学家们还说，(当时)世界上正在运行的正负电子对撞机有十多台，各国都计划建造能量更高的对撞机。我国的经济力量不允许花这么多钱。我们的这台对撞机建成以后，虽然能量不算高，但在国际上也会有独特的地位。

这项 1984 年 10 月 7 日破土动工的国家重点工程，到 1988 年 10 月 7 日，经过成千上万名科技人员的努力，依靠本国的人力物力制造出了电子直线加速器、存储环、自动控制系统、北京谱仪、同步辐射、计算中心的有关元件和设备。

1988 年 10 月 16 日凌晨 5 点 56 分，中国第一座高能加速器——北京正负电子对撞机，首次实现了低亮度下的正负电子对撞。消息传开后，立即在全世界引起轰动，著名物理学家钱三强、赵忠尧、张文裕、王淦昌等纷纷发表谈话，认为这台对撞机的研制成功，使中国与先进国家在高能物理研究手段方面的距离缩短了 25 年至 30 年，标志着中国的高能加速器技术，已经进入国际先进行列。许多国际上享有盛誉的科学家也纷纷发来贺电，他们说，北京正负电子对撞机的研制成功，是中国科学发展的伟大进步，是中国高能物理发展的里程碑。

1988 年 10 月 24 日 9 时 40 分左右，邓小平等来到北京正负电子对撞机国家实验室，他兴奋地向参加工程建设的人员表示祝贺，并发表了十分重要的讲话。这篇讲话后来以《中国必须在世界高科技领域占有一席之地》为题收入《邓小平文选》。

邓小平说，世界上许多国家都在制订实施高科技发展计划，如美国的“星球大战计划”，西欧的“尤里卡计划”等等，21 世纪将是高科技的世纪。他说，任何时候，中国都必须发展自己的高科技，在世界高科技领域占有一席之地。如果 20 世纪 60 年代中国没有研制出原子弹、氢弹，卫星没有上天，我们就不会有今天这样的国际地位。高科技的发展和成就，反映了一个国家和民族的能力，也是一个国家兴旺发达的标志。他说，现代世界科技的发展一日千里。在高科技领域，中国不能不参与。我们不仅要搞加速器，还要参与其他领域的发展。

邓小平的讲话，博得了热烈的掌声。许多在场的科学家抚今追昔，感慨万千，有的甚至流下了激动的泪水。

终于盼到了这一天

1978 年春天，方毅副总理在全国科学大会上郑重宣布："我们要在 10 年内，建立一个现代化的高能物理实验基地。"

在这以前，党中央做出了建设我国高能物理实验中心的决定。1977 年 11 月 23 日，中国科学院高能物理研究所全体人员齐集一堂，听了党中央关于这一重要决定的传达。他们当中，有盼望我国自己的高能加速器盼了数十年的老科学家；有 20 世纪 50 年代初，在美国做加速器时就梦想自己国家也能造加速器的研究人员；有曾在莫斯科杜布纳联合核子研究所做出出色成绩而备受苏联当局排挤的科技人员；有新中国培养的中年和青年科技工作者，以及长年战斗在高能物理战线上的党政干部、工人同志。他们听了传达，心情无比激动：多么盼望有今天，多么难得有今天！

1964 年冬天，周总理风尘仆仆地来到莫斯科，回国前夕，赶来同我国驻苏工作人员会见。我国在杜布纳联合核子研究所工作的专家，见周总理来了，都高兴地围上来，他们想到因自己国家没有高能加速器而在这里备受歧视的情况，有多少贴心的话想对周总理说啊！周总理笑容满面地和大家一一握手，照了相，又亲切地坐下来同大家一起吃饭，同时听高能物理研究所所长、当时的杜布纳联合所中国组组长张文裕教授汇报。听完张文裕的话，周总理严肃地说："看来，在国内我们自己也必须搞高能物理这一门科学！"

不久，在联合核子研究所召开的全权代表大会上，我方代表正式宣布：中国退出这个研究所。宣读完声明，在场的中国科学工作者纷纷站起来，昂然退出了会场。临行时，一些在这个研究所工作的外国科学家，紧紧握着我国科学家的手，殷切地说："你们回去要是也能造起高能加速器，那该有多好！"

“我们一定要建造自己的高能加速器。”从此以后，中国科学工作者就发奋要独立自主地发展自己的高能物理事业。1965年，我国高能物理工作者提出了“层子模型”理论，用已有的发现推断，基本粒子是有结构的，还可以再分。1972年，高能物理研究所（当时属原子能研究所）云南宇宙线观测站传来了喜讯，发现了一个可能是重粒子的事例。这些成果都受到毛主席和周总理的高度重视。对于这个事例，周总理先后亲自过问了七八次。那年10月，我国科学家代表团出国，临行前周总理亲自听取了关于这个发现的汇报，详细询问了发现的经过及其在科学上的价值。之后，美籍科学家李政道来访，周总理又亲自建议我国科学工作者和李政道教授就这个发现进行学术交流。这个事例在《物理》杂志上发表后，周总理又建议组成鉴定小组，再次测定这个粒子的物理量，指示继续捕捉来自宇宙射线中的类似粒子，并要求能够听到“下文”。周总理还反复叮嘱云南省委负责同志，全国只有这么一个站，希望省委关心云南站科技人员的工作和生活。

1972年秋天，高能物理研究所18位科学工作者联名给周总理写了一封信，提出发展我国高能物理事业的想法和建议。信送出去不久，一天，核物理学家朱光亚给张文裕打来电话说：“你快来，有好消息告诉你！”张文裕赶到后，朱光亚兴冲冲地拿出周总理的批示给他看，批示说：“这件事不能再延迟了。科学院必须把基础科学和理论研究抓起来，同时又要把理论研究与科学实验结合起来。高能物理研究和高能加速器的预制研究，应该成为科学院要抓的主要项目之一。”

周总理的批示，立刻传遍了高能物理研究所。人们奔走相告，兴奋地交谈着如何尽快贯彻落实。

图24　核物理学家朱光亚

实现党和人民的这个心愿，需要克服多少困难啊！苏联瞧不起我们，不止一次诬蔑我们要建加速器是“痴心妄想”。“四人帮”千方百计地进行破坏和捣乱，叫嚷什么“肚子都吃不饱，还搞加速器”，胡说发展高能物理是“不积粮，不挖洞，只称霸”。尽管广大科技人员和工人、干部迫切希望早日实现毛主席和周总理的心愿，但是在“四人帮”的干扰破坏下，这件事还是被搁浅了。

周总理根据毛主席关于独立自主的指示，坚信中国工人阶级和科技工作者的力量，对“四人帮”的破坏和捣乱做了针锋相对的斗争。1973 年 10 月 13 日，周总理在接见美籍华裔科学家吴健雄、袁家骝时，听到在场的中国科学家讲了由于“四人帮”从中作梗，加速器的预制研究工作进行不下去的情况以后，生气地说：“这怎么行呢！第四个五年计划已经过去三年了，只剩下两年了，这怎么行呢！”临走时，周总理再三叮嘱在场的中国科学院副院长吴有训，要科学院赶紧定出方案来，鼓励大家一定要排除干扰，尽快把这项研究工作搞好。

在党中央的关怀、鼓励、支持下，科学家们一次又一次开会，一次又一次磋商，经过反复研究，在 1975 年 3 月，由国家计委出面，正式向党中央提出了《关于高能加速器预制研究和建造问题的报告》。报告送上去不久，邓小平同志很快就批准了。当时，身患重病的周总理已经住在医院里，又一次抱病审阅和批准了这个报告。当中国科学院的负责人向高能物理研究所的科技人员和工人、干部传达周总理的批示时，很多人都难过地哭了。大家说：“周总理病得那么重，还念念不忘建造中国的高能加速器，我们就是有天大的困难，也得干！”

整个 1975 年，全所工作人员齐动手，为建造高能加速器奔忙起来。为了赶在雨季到来之前抢修好实验室，由所党委领导同志带头，自己动手装动力电，安装实验设备。正当大家干得起劲的时候，“四人帮”在科学院的骨干又打来一闷棍，竟然把受到毛主席亲切关怀、周总理亲自批准的这项标志着一个国家工业和科学技术水平的重大工程，诬蔑为“非当务之急”“破铜烂铁”，把毛主席、周总理历来非常重视的这项科学研究，诽谤为“理论风”，费尽心机要把高能加速器掐死在摇篮里。

多么艰难的岁月啊，敬爱的周总理与世长辞了。噩耗传来，全所悲恸。1976 年 1 月 11 日，从白天到黑夜，广大科技人员和工人、干部扶老携幼，伫立在寒风中，流着眼泪默默地望着远去的灵车队，心情沉重地想："周总理啊，哪年哪月才能实现您的遗愿？"

毛主席和周总理生前一再亲切关怀的、广大科技工作者多少年来梦寐以求的我国高能加速器的预制工程，在庆祝粉碎"四人帮"的锣鼓声响过一年之后，迈开大步朝前走了。

建筑工人们冒着严寒开进了预制研究的施工现场，高能所大院里挖土机的轰鸣声，划破了夜空，迎来了灿烂的黎明。工程指挥部墙上悬挂起了大幅"加速器及探测器进度简表"，上面五颜六色的箭头标注着预注入器、直线加速器、环形加速器、束流运输系统、氢气泡室以及探测器等的制造、安装、施工和调试的进度。国家科学技术委员会、国家建设委员会、北京市委员会、一机部、冶金部、四机部、二机部、水电部和中国科学院等十几个部委的负责人和联络员，进进出出。有的忙着各种方案的论证，有的准备出国考察，还有的忙着和全国上百家工厂联系研制加速器和探测器所需要的各种精密材料、部件……

面对这动人景象，一些做梦都盼着我国能有自己的高能加速器的科学工作者们，激动地说："我们等得头发都白了，终于盼到了这一天！毛主席和周总理生前没能看到我国自己建造的高能加速器，现在，这个遗愿由我们来实现，我们只有提前完成的义务，绝没有拖延时间的权利！"

图 25　第一根加速管运往安装现场

我国第一个高能物理实验中心，就要在科学的春天破土而出了。在它成长的过程中，还可能遇到各种艰难险阻。但是，人们一想到这一点就充满了信心：残冬已过，万紫千红的春天到来了。

23 个沸腾的昼夜

——记高能加速器第一块模型磁铁的诞生

在中国科学院高能物理研究所实验工厂的厂房里，有一块深红色的大铁块。旁边立着一个白色的木牌，木牌说明这不是一块普通的铁，它是我国第一台五百亿电子伏特质子同步加速器的第一块模型磁铁。

陪同记者参观的工厂副厂长王志刚，指着躺在台子上的大磁铁谦虚地说："这还只是初战小捷。"

磁铁是加速器的重要部件。我国第一台高能加速器需要几百块巨型磁铁。将来要把这几百块磁铁放在地下隧道里排成一个环，使它产生电磁场，让带电的粒子沿着磁铁间隙内的真空盒运动、加速，然后以巨大的能量向着预定的目标撞击。科学家们通过一整套复杂精密的探测器、电子学设备和快速电子计算机传来的信息，探索粒子世界的奥秘。因此对磁铁性能的要求是非常高的。

为了制造这第一块模型磁铁，建造高能加速器的人们经历了辛劳的 23 个昼夜。

1979 年 5 月 21 日早晨，高能物理实验中心总工程师林宗棠兴冲冲地来到高能所，把人们召集在一起，郑重宣布工程指挥部的决定：利用现有条件，立即动手制造第一块模型磁铁。研制工作由高能所和北京重型电机厂共同承担。

会上，高能所和北京重型电机厂的干部、科技人员和工人代表纷纷表示，将不遗余力地完成这项光荣任务，并当场给即将制造的磁铁起名为"BM-1"，意思是：北京质子同步加速器第一块模型磁铁。

当天下午，高能所实验工厂的大厂房里，人声鼎沸，机器轰鸣，建造工作开始了。第 3 车间的工人们把太原钢铁公司试制的几千块超低碳纯铁板，拉到大剪床旁动手剪裁；其他的车间、工段，有的赶造设备，有的赶制工具。

厂房外面，也是一派繁忙景象。

磁铁会战领导小组成员每天早晨一上班就聚到一起，研究前一天出现的问题和当天的工作安排，保证各个环节渠道畅通，物资、器材一律开绿灯。司机班的工人紧张地拉运物资，食堂的炊事员为夜班工人准备夜餐，住在城里的科技人员、干部和工人凌晨四五点钟就动身往厂里奔。用一位工人的话讲：人们那股劲头，就像打开闸门的水一样涌出来了！

5 天过去了，1000 多张铁板按照规格要求全部裁剪完毕。这天是星期六，傍晚进城的班车停在大院里就要启动。这时，工厂的党支部副书记姜以定从车间跑出来，他喊："请留下几位，要加班，打铁片的毛刺！"话音刚落，满车的人一涌而下，不是几位，而是几十位！机关科室人员也跑了来，他们说："别的活插不上手，打毛刺行！能为新中国建造第一台高能加速器出把力，是光荣的。"

叠装起来的铁芯要成型，如果要等到冲模的设计制造出来，就耽误时间了，于是他们决定上刨床成型。刚刚安装起来的龙门刨床旁，聚集着高明的刨工，连北京市安装公司的技术工人也赶来支援。老工人李宗昌承担了成型任务，他夜以继日地在刨床上紧张工作，精细、准确，一丝不苟。高能所的领导干部和工程技术人员一趟趟地跑来了解情况，帮助解决困难。工程师赵众的父亲病了，他也顾不上回去看望。人们的眼睛，人们的心，都集中到铁芯上了。

制造"BM-1"，除了铁芯，还需要有无氧的铜线圈。北京重型电机厂提供了外线圈的半成品，大大加快了会战的进程。加工线圈的时候，高能所工厂第一车间的工人和北重厂的科技人员、工人在烈日下席地而坐，挥汗如雨地在地上划着、商量着、琢磨着：如何在两天的时间里，把 8 根约 1 英寸（1 英寸 =2.54 厘米）见方那样粗的空心无氧铜管准确地弯成两头翘起 90° 角的元宝形，还要保持铜管无氧的性能。两天时间过去了，这些困难问题被人们的智慧、勇气所战胜。他们硬是用临时赶做的简易工具，把 8 根铜管的线圈弯了起来。线圈成型后，还要绝缘固化、试压等，高能所工厂对这项工作没有经验，也缺乏条件，北京重型电机厂为此专门派出工人和技术人员参加会战。

制造模型磁铁的人们藐视困难，大胆实践，接连干了 23 个昼夜，齐心协力地把铁芯造出来了，把线圈造出来了。

6 月 12 日傍晚，开始总装磁铁。这天，大厂房里灯火通明，钳工、电工、车工、机修工和工程技术人员、干部聚集在一起，心情激动地期待着第一块模型磁铁的诞生。头发花白的老焊工白品珍，提着焊具上阵了。时间在一分一秒地流逝。电焊的火花迸放着，照亮了磁铁，照亮了厂房，也照亮了造磁铁人们的心。人们欣喜地看到：由于鼓起勇气，自力更生，大胆地撼动了“智慧的果树”，“智慧的果实”就要落下来了。

6 月 13 日凌晨，中国第一台高能加速器的第一块模型磁铁诞生了！

中国工人和科技人员采用国产材料，用自己的设备和力量，在很短的时间里造出了第一块模型磁铁。消息传开，人们纷纷跑来参观。正在北京参加中美高能物理联合委员会第一次会议的专家和教授们，也闻讯赶来祝贺。科学家们从各种角度给这块大磁铁照了相。和中国科技人员、工人一道参加制造“BM-1”磁铁，并提出过很好意见的美国著名加速器专家威尔逊教授，特别高兴。他赞扬中国工人和科技人员的聪明才智，赞扬他们不畏困难、苦干实干的精神。他说，“BM-1”磁铁的诞生，是中国建造高能加速器的一个纪念碑。

参加这次会战的人们深有感触地说：“这第一块模型磁铁，尽管技术上和工艺上还不够完善，但是，它锻炼了我们的队伍，打开了我们的眼界，增强了我们的信心。通过建造这块磁铁，我们的思想进一步解放了，更加敢想敢干了！”

中关村的灯火

中关村的夜晚，灯火灿若繁星。

这里是北京西郊，中国科学院研究所集中的地方。宽阔的林荫路旁，一幢幢大楼栉比林立，从数不清的窗口里射出闪耀的灯光。

1978 年春天的一个夜晚，记者来到一幢大楼前，迎面两条红色的大幅标语映入眼帘："努力攀登电子科学高峰！""用科研和生产新成果报答党中央的亲切关怀！"这是计算技术研究所，实验室里的灯火照得如同白昼。电子计算机上，五颜六色的指示灯忽明忽暗，熠熠闪光。"嗒嗒嗒……"，电脑在有条不紊地运算着。一个个身穿白色工作服的科研人员，容光焕发，正在为一台新的电子计算机调整软件程序而忙碌着。在计算机有节奏的运算声中，科研人员谈起了他们的希望和抱负。计算机科学的发展，是科学技术现代化的关键之一，科研人员决心"用跑短跑的速度跑长跑"，快速发展计算机科学，当好科学技术现代化的先行者，哪怕日夜连轴转，也要把被"四人帮"耽误了的时间抢回来！

十年饮冰，难凉热血。

这是抓纲治国，科学技术要打上的一个缩影。

在寒冷的冬夜里，记者朝着有灯光的地方继续向前走，访问了中关村的一个又一个研究所。所到之处，都是一片热火朝天的景象。

望着眼前这万盏灯火，中关村里许多经历过我国科技战线历史变化的科学工作者，深有感触。他们回想20世纪50年代，毛主席号召向科学进军，那时中关村灯火辉煌，给人留下了难忘的印象。可是，在“四人帮”横行的日子里，这明亮的灯光灭了。“四人帮”及其在中国科学院的爪牙摧残科学，迫害人才，妄图把我国的历史拉回到穴居野人的时代。那时候，谁要是夜晚待在实验室里搞科学研究，谁就有被扣上“白专道路”“业务挂帅”“名利思想”等一大串帽子的危险。不少研究所白天不到下班时间，人就走光了，夜晚更是一片漆黑。许多人眼看着我国的科学事业一天天冷落下去，无不痛心疾首。

有一次，力学研究所负责人纪波，在全所大会上谈起“大跃进”时期中关村“灯火辉煌，勤学苦钻”的美好情景，希望大家发扬那股干劲努力钻研业务。不料，这话被“四人帮”在中国科学院的爪牙听到了，竟歇斯底里地叫喊：“宁要社会主义的星星点点，不要资本主义的灯火辉煌！”一时间，“复辟”“回潮”的大帽子，劈头盖脸地朝着纪波打来，他在大会小会中被批判。在这种气氛笼罩下，深夜谁家窗口亮着灯，谁就要倒霉。

有一天，夜深了，青年科学家陈景润研究“哥巴赫猜想”研究得入了迷，正望着自己的计算结果出神，一群人突然闯进来，质问他为什么深更半夜还亮着灯，怀疑他是不是在搞什么“反革命”活动！

这一天夜晚，记者在数学研究所的图书馆里见到了陈景润。他热情地领着我们参观图书馆，并且非常感慨地说：“这里同粉碎‘四人帮’以前的情形大不一样了。现在你们看，门庭若市！而那时，这里有时就只有两个人，一个是我，一个是图书管理员。”

许多科研人员都异口同声地说：“现在同那时不能比了。”夜间加班加点是常事，党和人民不断地赞扬和鼓励。因此，中关村的灯火越亮越多，越辉煌。

中关村灯火的明灭，从一个侧面反映了中国科学事业光明与黑暗两种前途的激烈斗争。科研人员们深知这明亮的灯火来之不易，因此倍加珍惜。

粉碎“四人帮”以后，各个研究所都出现许多挑灯夜战的动人事迹。在数学研究所，人们注意到“长城一〇二”和“长城二〇三”高级台式电子计算机的研制者夏起圣的窗口，夜间也是灯火长明，这个年轻人为了早日研制出这两种新式计算机，把铺盖搬到了实验室，每天工作到深夜，睡几个小时，第二天，他爱人带来早餐，吃罢又继续干下去。在数学研究所的计算站，人称“老黄牛”的科研人员陆汝钤，也是工作起来不分上班下班。他把一切可以挤出的时间都用来搞科学研究，常常是带上两个馒头在实验室里，一干就是通宵。

为了高速度地实现中国的科学技术现代化，许多中年、青年的科研人员拼命同时间赛跑，一些老科学家也没有在已有的成就上睡大觉。著名数学家关肇直已是快 60 岁的人了，还几乎每天都工作到深夜，人们劝他注意身体，他却说：“余年不多了，更要加倍努力！”著名生物学家童第周，也是老当益壮地与灯火为伴，他说：“一分时间，一分成果。对科学工作者来说，就不是一天 8 小时，而是寸阴必珍，寸阴必争！”

面对这动人的情景，不少研究所的领导干部也坐不住了。一天晚上，物理研究所党委开完会已经九点多钟，党委书记甘柏领着常委们走遍全所各个角落，哪里有灯火到哪里去，对在灯光下大干的人们问寒问暖。当记者晚上访问物理研究所时，他又领着记者到各处看，一直看了两个多小时。所到之处，人们热情地向他报告工作进展情况。在食堂里，记者还遇到了一位“炊事员”，人们介绍说，他就是物理研究所新任管后勤的副所长。

夜阑更深，记者从研究所出来，走在宁静的林荫道上，回头眺望中关村的灯火，依然是那样辉煌、灿烂。

灵台无计逃神矢

——回忆采访杨振宁教授

2017 年听闻著名物理学家杨振宁放弃美国国籍，成为中国公民并正式成为中国科学院院士。得知这个令人兴奋的消息，不禁回忆起与杨振宁教授交往的一些往事，我认为他在晚年做出这样的选择，实属不易，但也绝非偶然。

我与杨振宁教授相识并采访他，是 20 世纪 80 年代之后。当时，我国正酝酿建造北京正负电子对撞机，我进入这个领域采访后，听科学家们说，华裔科学家的三位诺贝尔奖获得者都在高能物理领域，他们是杨振宁、李政道、丁肇中。

听了上述议论，我决定对三位科学家先进行侧面采访。

1979 年 12 月 22 日，一个寒风呼啸的早晨，我登门采访了据说是李政道、杨振宁的老师——著名物理学家张文裕教授。他对我讲述了受我国政府委派去瑞典劝说他俩获奖后回国工作的经过。

“我不是李政道和杨振宁的导师，我只是在昆明西南联大教过物理，他们那么大的成就和名气，我怎么可能是他们的导师呢？”一见面，张文裕就谦逊地对我说。

张文裕说：“1956 年杨振宁和李政道提出的在弱相互作用下，宇称是不守恒的理论，被华裔女科学家吴健雄所做的试验证实了。当时我正在苏联杜布纳联合核子研究所工作，李政道、杨振宁获奖时，他们都没有加入美国国籍，国内给我打电报，要我去瑞典，一方面祝贺他们获奖，同时争取他们回国工作。”

张文裕向杨振宁和李政道转达了周总理的意思，希望他们能回到国内工作。他们都表示，非常感谢祖国对他们的关心，他们还年轻，争取在国外再工作一段时间，过一段时间就回来。

1958 年在日内瓦召开了国际高能物理会议，国内又派张文裕做李政道、杨振宁的工作。张文裕说："我感到1957年国内的反右派运动，在他们的思想上引起了很大震动，言谈话语中，他们对反右派运动很反感。见面后，他们对我依旧很热情，但是，当提到回国的事情时，明显不像一年前那样热情了。"

张文裕说，杨振宁当时虽然没有回来，但他对国内的事情依然很关心。

采访中，张文裕还多次提到杨振宁的父亲杨武之教授。1957年，杨振宁在日内瓦见到了久别的父亲杨武之。分别时，杨武之教授给他写了这样几个字：每饭勿忘亲爱永，有生应感国恩宏。

1973年杨武之教授与世长辞。前一年，杨振宁归来探望父亲时，杨武之教授虽然已经缠绵病榻，但他还是怀着爱国的深情和儿子谈了许多话，再三叮嘱杨振宁要把眼光放远些，要看清历史演变的潮流，希望他早日归来。

虽然由于种种原因，杨振宁迟迟未归，但他从未忘记自己的根。在1957年诺贝尔奖颁奖典礼上，他曾这样说："我虽然献身于现代科学，但对我身上所承受的中国传统和背景，引以为自豪。"

1971年7月19日，杨振宁作为第一位访问新中国的华裔科学家，曾讲过这样一番话。他说："我非常愿意回到离开26年的祖国，非常高兴见到了我的老师和朋友，从此开始了我生命中的另一段历程。"

他说："了解新中国是激动人心的经历，中国仍然贫穷，缺乏物质财富，工业技术也十分落后，但是，前往访问的人将被新中国的拼搏精神所感动，他们会发现，她是既简单而又最复杂，既年轻而又最古老的国家。"

新中国对于杨振宁的首次来访，热烈欢迎。周恩来总理亲自为他洗尘并亲切地对他说："我很想了解一些美国的情况，你能不能谈谈关于美国学生运动、大学改革、黑人运动、失业、选举等方面的情况……"杨振宁一一做了回答。

1971年7月17日下午，杨振宁在中南海见到了毛主席。会见中，他发现毛主席很健谈，谈了一个又一个中国古代的哲学家——老子、庄子、墨子等的故事，以及他们对自然科学的态度。还谈了近代科学尤其是物理学，谈到了量子力学，以及什么是光子、质子可分不可分等各国物理学家正在探讨的问题。这是杨振宁第一次也是最后一次见到毛主席。5 年以后毛主席与世长辞。

在访问的一个多月的时间里，杨振宁重游了自己度过青少年时代的北京大学和清华大学，他感慨地说："1971 年我回到中国之后，留下了非常深刻的印象，因为我知道 1945 年的中国是什么样子，拿 1971 年的中国跟 1945 年的中国相比，差别是非常大的。"回美国之后，他决心在中美两国人民之间，当一名不懈的使者，以增进两国人民之间的了解和信任。

1976 年 1 月 8 日，周总理永远地离开了我们。噩耗传到大洋彼岸，杨振宁非常悲恸。

1976 年 1 月 18 日，美国东海岸各界人士聚在一起举行追悼会，杨振宁向与会的 1000 多位华侨、留学生、美籍华人以及美国人士致悼词。他在会上哽咽着说："周恩来总理和我们永别了，他奉献了他的一生，无私地为人民服务，他是中国人民的英雄。"

最后，他深情地说："遵照周总理的遗嘱，他的骨灰将被撒在中国的山川大地上。他的身体将永远散布在一个伟大的国家的每一个角落。他的精神将滋长在一个伟大民族的精神里面，是这个民族永恒的榜样。"

杨振宁虽然远在大洋彼岸，却很关注中国的变化。每次回国访问，他都把世界上最先进的科学技术成就带来。

20 世纪 80 年代，张文裕教授带领一大批科学家和工程技术人员准备建造中国第一台高能加速器（北京正负电子对撞机）。杨振宁很关心这项工程，并尽力协助建造。他对张文裕说："发展高能物理要注意三方面问题：第一关是建造加速器；第二关是需要培养一大批高水平的科研人员；第三关是使理论和实验相结合。要能做出第一流和第二流的物理研究成果。"

1978 年 8 月 21 日，杨振宁在中国访问后，在机场准备回美国之前，紧紧握住前来送行的张文裕教授的手说："我今天很高兴能送给你这本画册，特别是我在上面还写了几个字。"

张文裕接过画册，看见扉页上写着："文裕师：我以十二万分的诚意，祝贵所建成新的实验基地，在如此多娇的江山上加开一丛红花，我将继续尽我的能力协助你们的工作。”

1980 年夏天，我随中国高能物理代表团到美国和欧洲的各大加速器中心访问。访问结束后，我又随代表团到欧洲核子研究中心访问。当时，杨振宁正在那里做访问学者。他热情地陪我们参观。

20 世纪 80 年代中期，我在国家科学技术委员会采访时，听一位负责人说：“杨振宁说，国内对于科学家的宣传报道太不重视了。他问过北京大学物理系毕业的大学生，你认识邓稼先吗？那位毕业生竟说，从未听说过邓稼先这个名字。邓稼先对国家做出了那么大的贡献，学习物理的大学生竟然连他的名字都没有听说过。”

图 26 作者与邓稼先、杨振宁、邓稼先夫人许鹿希合影

听了上述一番话，我立即着手采访邓稼先，最后写出了《“两弹元勋”邓稼先》这篇通讯，新华社播发后，被国内外报纸广泛采用，现在想起来，这应当感谢杨振宁教授。

1987 年 10 月的一天，我接到国防科工委的电话，电话中让我务必于次日下午到北京八宝山公墓陪同杨振宁，为不久之前我报道的“两弹元勋”邓稼先扫墓。

那天，我如期而至，同时前往扫墓的还有宋健、周光召以及国防科工委负责人伍绍祖等，邓稼先的夫人许鹿希也去了。

那天杨振宁身穿白色风衣，黑色西装，他眼含着热泪，向少年时的同学、好友邓稼先的骨灰盒深深地鞠了三个躬。祭奠以后我们大家合影留念。

图 27　20 世纪 80 年代随杨振宁在北京八宝山公墓为邓稼先扫墓（右起：邓稼先夫人许鹿希、伍绍祖、宋健、杨振宁、周光召、九院负责人、顾迈男）

杨振宁是位很重感情的科学家。在这之前，在北京301医院邓稼先的病房里，我目睹了两位科学家生离死别时的感人情景。我在一旁见杨振宁俯身在病榻前，紧贴着邓稼先苍白的面孔，屏声敛气地聆听他奄奄一息时的临终嘱托。

早在北京崇德中学读书时，杨振宁和邓稼先就是同窗好友。后来，又先后到美国留学。新中国成立后，邓稼先毅然归来，先后参与研制了中国第一颗原子弹和氢弹。

那天，和杨振宁教授打过招呼以后，我走到邓稼先病榻前，把刊登有我写的《"两弹元勋"邓稼先》一文的《瞭望》周刊，亲手交给了邓稼先。

"谢谢你，谢谢你！"邓稼先用冰凉的手和我握手说。在这同时，我还把我写的有关杨振宁教授的长篇传记——《物竞天存争朝夕》交给杨振宁，请他审阅。

那是一个炎热的下午，而且又是在医院的重症病房里，杨振宁接过稿件后，立即聚精会神地看起来，不一会儿，他把未做任何改动的稿件退给我，表示同意发表。

随后，他把刚刚在香港出版的《读书教学四十年》一书送给我。

最后，他把邓稼先从病床上扶起来，和我们大家照了很多照片。不久，邓稼先便溘然长逝了。

李政道教授在中国讲台上

1979 年暮春 5 月，一个风和日丽的日子，来自全国 33 个科研单位和 78 所高等院校的数百名研究生、教师和科研人员，齐集北京科学会堂报告厅，兴奋地等待着。

钟声响了。著名美籍物理学家李政道教授笑吟吟地走上了讲台。他身穿灰色的中山装，含笑向在座的人们点头问好，把讲义放在投影仪下，就讲起课来。

课堂上，一片静谧的气氛。投影仪映在墙上的讲义写的是：

Ⅲ 互相作用

目前的所谓基本粒子

煤子、光子、万有引力子、中间玻色子

轻子、中微子、电子……

夸克：下，上，奇，粲，底，顶……

再往后，就是密密麻麻的方程式。李政道教授用带上海口音的普通话说："今天讲粒子物理。大家请看这张表，在这里看都是些数目字、符号，这都是前辈和近代科学家经过长期的探索得来的……这中间有一大部分已成为历史上的东西，科学是发展的，最重要的不是过去，是现在跟将来。进入 20 世纪 70 年代以来，基本粒子物理的研究发生了革命性的变化……"

图 28　20 世纪 80 年代作者在北京采访物理学家李政道

时间一分一秒地过去。他不停地讲，不停地写，讲得实在太累了，就手按着教鞭，把头伏在上面歇一会儿。他满头大汗，干脆把外衣脱掉继续讲。在长达 3 小时的时间里，从强作用、弱作用的发展史，讲到粒子物理的过去、现在和将来。台上台下，课堂内外，讲课的人着了迷，听课的人也着了迷，人们进入了奥妙无穷的粒子世界。

这是记者目睹的一次讲学的片段。李政道教授为新中国培养科技人才的一片深情溢于言表，深深地留在人们的记忆中。

应中国科学院的邀请，李政道教授越过太平洋，不远万里来我国讲学，共讲授了“统计力学”和“粒子物理”两门课程。李政道教授在国外每年平均只讲 28 ~ 30 个小时，这两门课一般要讲两三年。这次，他感到中国实现四个现代化急需科技人才，决定用两个月的时间讲完几年的课。为了搞好这次讲学，早在 1 年以前他就开始做准备工作。为了把粒子物理的最新成果加到讲稿中，他从去年到今年 3 月就一直埋头于这件事，尽量使这些讲稿能包括近年来的主要新成就，他还给中国同行寄来了大量参考文献和书籍。

7 个星期以来，北京科学会堂的报告厅里座无虚席。为了听得清，弄得懂，不少人干脆挨近讲台席地而坐；后排席位上的人还举着望远镜看投影仪映在墙上的讲义。在报告厅的地下室和中国科技大学研究生院，人们围着一台台转播电视机认真地听，认真地思索，认真地记。听讲的人中，有李政道教授早年的老师、同学、好友，也有新中国成立后培养的新一代年轻物理学家，还有粉碎“四人帮”以后入学的第一届研究生。大家对李政道教授讲学的评价是：学识高深，方法科学，治学严谨，诲人不倦。

“他的功夫很深，讲得很好。”一位对基本粒子物理有造诣的老科学家说。

“用物理学中的术语来说，李政道教授讲课走的是‘短程线’，迅速把人们带到了现代科学的最前沿。”一位教授说。

“作为一个教授，他和学生的心是相通的。他时时都在关注着听讲人的理解程度。”一位研究生说。

大家举了这样一个例子。有一天，李政道教授讲“孤粒子”这一课，由于独具一格的教学方法，把公认的最容易讲玄的问题，讲得画龙点睛，深入浅出，既使专业科技人员和教授从中获得收益、启发，又使研究生们能够听得懂。

关于“孤粒子”的缘起是这样的：1845 年英国物理学家斯科特·罗素做了一个关于“波”的学术报告。他在报告中说：1834 年 8 月，我第一次有机会看到了一个美丽的现象。我看到一艘船，这艘船由两匹马拉着沿着狭窄的运河前进。后来船忽然停下来，这时从船头上翻出一股激浪，很激烈地翻滚着，突然离开船头，向前运动，速度很快。它的形状是固定的、圆截面的、光滑的水堆，它在前进时不改变形状，也不降低速度，我坐在马上跟踪前进，以每小时 8~9 英里（1 英里 =1.609 344 千米）的速度跟着跑，这水堆一直保持原来的形状，有 30 英尺（1 英尺 =30.48 厘米）长、1 英尺半高，后来高度逐渐降低，我追逐了一两英里以后，在运河转弯处就看不见了。

自从罗素发现了“孤立波”，100 多年来各国物理学家反复讨论过产生这种现象的原理。直到 1895 年才得到了正确的解释。1973 年开始，有人试图以此解释基本粒子物理。但是，过去研究基本粒子物理用的都是线性方程式，而研究孤粒子，必须用非线性方程式，难度很大，被视为畏途。

从 1973 年起，李政道教授开始研究这个问题，在基本粒子物理的研究中，他第一个引进了非拓扑性孤粒子的概念，先后发表了 10 多篇论文，对这方面的一些根本性的问题做了理论上的探讨，为这个领域的研究开辟了新的途径。在这以前，他还发展了反常核态理论。他在这个理论中预言，当两个铀的原子核发生碰撞时，核的密度超过正常状态，也许有可能发生反常核态现象，而这种现象过去在自然界中还未发现过；并强调，真空并不是什么都没有，真空是一个实实在在的东西，是具有洛伦兹不变性的一种介质，它的物理性质是可以通过基本粒子的互相作用表现出来的。目前美国有一台加速器正在为验证李政道教授的上述理论做准备。

李政道教授的讲学在听众中博得一致好评，并非一日之功。1972 年以来，他 4 次回国，周恩来总理通过和他的交往，曾做过“李精于学”的赞誉。李政道教授是当之无愧的。他不满 20 岁离开中国去美国求学，由于刻苦勤奋，年纪很轻就取得了卓越的学术成就，获得诺贝尔奖。他和杨振宁教授合作，发现著名的宇称不守恒定律以后，继续向高能物理的纵深处挺进，数十年如一日，进行着高度紧张的脑力劳动。

谈到李政道教授的教学态度，大家也十分钦佩。课堂上，他一遍又一遍亲切地询问大家听懂了没有。他注意每讲一句话不仅让学生听得清，而且使学生听得懂。他还利用休息时间和午餐时间征求大家对讲课的意见，不断改进教学方法，调整教学进度。在讲学期间，他每天讲 3 个小时，可是备课常常需要五六个小时。他说："我每天睡得不是很多，中午不休息，这倒是习惯。"人们见他人瘦了，嗓子哑了，担心他累垮，劝他休息。他笑笑说："有这么多人认真听课，我花些劳动是值得的。"就连"五一"节他也照常上课。人们说，从李政道教授的教学中不但学到了知识，而且学到了当教师的好思想、好作风。

李政道教授对于他出生的祖国有着深厚的感情。在讲学期间，他随时随地都流露出这种感情。一天，他和夫人秦惠䇹到中国科技大学研究生院参观，看到研究生院的一排排木板房，他说："这最像我们西南联大的房子了。我离开昆明西南联大是 1946 年，那时候，物质条件是很差的，住的是草房子，十五六个人睡一间房子，过几个月就要把床搬出去煮臭虫。那时西南联大的条件只有一间煮床的小房子，所以每过一段时间只能煮一个床，臭虫不能同时消灭。"大家听了，都笑起来。

"我还记得上物理课时，老师带来一个小的电子仪器，我出于好奇心，用手捅了一下，把一根线弄断了。"他打着手势风趣地说："所以以后我就改学理论物理了。"大家又笑，他也笑了起来。

"我们那时从来没有感到因为仪器不好，设备不好，就比别人差。杨振宁、朱光亚、唐敖庆和我等，都是在那时培养出来的。"他说："重要的是人，不是物质条件。仪器、设备都是人造的。只要大家肯学习，把基础打好，把人培养出来，就可以创造一切。这次回来深深感到，大家都想使中国尽早实现现代化，海内海外的有志之士都很关心这个问题。”

图 29　1984 年作者在高能物理研究所请李政道审稿

李政道教授一向关心我国科技人才的培养。早在 1974 年访华时，他就向毛主席、周恩来总理建议过：“理科人才也可以像文艺、体育那样从小选拔培养。”这次回来，他听说科技大学试办了少年班，很高兴。在繁忙的教学活动中，他利用周末休息时间，专程到合肥访问了少年班，就如何培养青少年学科学、爱科学的问题同学校领导和教师们做了广泛交谈，并亲自到了少年班，送给孩子们一大批适合青少年阅读的科技读物，给孩子们讲科学故事，讲许多著名大科学家在青年时代对人类所做的杰出贡献，并题词：“青出于蓝，后继有人。”鼓励青少年们敢于突破前人的框框，在科学上闯出新路。这次讲学期间，他还从科大研究生院为哥伦比亚大学亲自选拔了一批研究生。

“政道变了。”1979 年 4 月 15 日，邓小平会见李政道教授时，李政道的夫人秦惠箬说：“政道过去对这类事（指组织和联系工作）从来不感兴趣。去年为了给中国培养高能物理人才，他在 4 个月的时间里，亲自打了很多很多个长途电话，联系培训问题。别人都说政道变了，就连讲课政道也变了，过去他从来没有这样集中讲过。”

一个阳光灿烂的下午，记者问李政道教授他为什么会发生这种变化时，他兴奋地说：“我感到，大家都被中国的四个现代化推动起来了，这是很了不起的！我不应该袖手旁观。”

李政道教授谈博士后①

20 世纪 80 年代的一天，记者在北京访问了美国纽约哥伦比亚大学李政道教授。在这次话题广泛的交谈中，李政道教授介绍了中国在美物理学博士研究生的情况。他认为，当几百名中国博士于明、后年陆续回国后，还需要进行“博士后”的训练。他说：“我已经向中国有关方面建议设立‘博士后’流动站。”

李政道教授说，近些年来，他除了研究和教学以外，每年大约用三分之一的时间办两件事：一是帮助中国发展高能物理和同步辐射；一是培养研究生。他说：“只要能给中国培养出高水平的人才，我个人牺牲些时间、做些‘收发联系’工作，是值得的。”

记者请他谈谈培养研究生的情况，他说：中美联合培养物理类研究生计划（CUSPEA）进行得非常顺利。当初，我答应办 6 届，总数共 700 人左右。现在，全中国规模的招生已经办了 4 届，在美国的已有 3 届，共 362 位。在已经选定专业的 285 人中，从事新型材料、激光、等离子体物理、大气物理、生物物理、医学物理、核物理以及半导体、磁性等有重大应用前景研究的有 231 位；其余研究生选定的专业，都和未来科学技术的发展有关。”

“美国的教授们认为这批中国研究生的水平如何？”记者问。

李政道教授欣慰地笑着说：“培养研究生的工作进展得顺利，主要是由于中国青年优秀。”他说，过去美国许多第一流大学的物理系，都没有中国研究生，这是因为学校对中国学生的程度既不了解，也不信任。这几年招收的中国研究生在美国的表现说明：第一，中国的青年是优秀的；第二，能训练出这样多高水平的学生，证明中国大学的水平是国际第一流的。现在，美国的大学对中国学生的

---

① 顾迈男．李政道教授谈博士后[J]．瞭望，1984（27）．收入本书时有修改补充。

优秀性已经没有怀疑，建立起了信任。

李政道教授把这批将得到博士学位的青年比作苗木，认为要使他们成材还得花力气。他详细地解释了他为什么很重视培养“博士后”人才。

他说：“在做大学生时，是老师出题目，老师自己已知道题目的答案，用以试验和考查学生的运转和理解能力。在做博士研究生时，是老师确定研究方向和专题，但老师并不知道答案，借此试验研究生在方向和专题之下是否有能力找出答案。解决好了的，就可以得到博士学位。但是，刚刚得到博士学位不久的青年，却需要培养自己独立地选方向选专题的能力，同时找出答案。这就是‘博士后’的工作。”李政道教授说：“念了博士，并不博，只有到了‘博士后’才真正开始独立地从事科学研究。”

李政道教授兴致勃勃地谈起建立“博士后”制度的必要性。他说：“从世界各国近40年的科技发展历史看，青年博士要在学术活跃的环境中，再经过2～6年独立工作的训练，才能渐趋成熟。这时，他们的年龄大致在30岁，可以委以重任，解决科技难题和培养新人。”

李政道教授说：“我已经向中国有关方面建议设立‘博士后’流动站。在全国选择有优良条件的研究所和大学设立‘流动站’，每站有固定的站员名额，站员都是这些刚刚获得博士学位的年轻人，他们可以在好几个不同的（包括国内和国外）单位流动2~6年，在不同的环境中接触多方面的学者和多方面的工作，以开阔眼界、增长见识和经验。然后，再通过国际水平的竞争，取得相对固定的职位。经过这样严格考验的人才，才能成为新一代科学技术的带头人。他们可以去开拓新的科学研究，或是把科技应用于国民经济。”

“设立‘博士后’流动站，有什么好处呢？”

李政道教授答：“‘博士后’流动站最大的好处是可以促进人才流动。比如说，可以规定每个刚得到博士学位的人，在每一个流动站工作的期限为两年，两年后必须离开。到哪里去呢？可以从流动站转到办流动站的单位（例如这个单位是一个研究所或一所大学），成为正式成员，也可以从一个流动站转到另一个流动站，或从流动站转到另一个单位成为正式成员。但站员名额必须保证，并不因人的流动而更改。这样，一批博士走了，又来另一批刚得到博士学位的人。用人单位可以在流动中选择，博士本人也可以在流动中选择自己愿意长期工作的单位。这就使得人才非流动不可。

"流动站的制度如果成功，将来也可以推广至其他学士后，或硕士后（但并不念博士的）年轻优秀的科技工作者。可以在这建立流动站的初期，宜限于'博士后'的人才，以使宗旨单纯，易保水平。"

李政道教授最后说："这几年，中国派出的留学生很多，回国后恐怕要有一段时间使他们了解国内的现状，也使国内科研单位了解他们的情况。这样，才可以充分发挥他们的作用。流动站可以帮助双方解决一部分这一类的问题。总之，在流动中可以选拔人才，在流动中表现才能。到国外从事'博士后'工作，也是加速培养人才的一条重要途径，是国内'博士后'制度的补充。比如，从国外回来的青年博士在国内工作一年后，应当鼓励他们到国外竞争'博士后'职位，这样做，可以使他们经常保持与国外科学前沿的接触。"

李政道与中国赴美留学生

中美联合培养物理类研究生计划（China-U.S. Physics Examination and Application，简称 CUSPEA）是由李政道教授主持，为解决 20 世纪 80 年代中国人才断档，发展中国教育和科研事业的一个中美合作项目。该项目的具体内容为：从 1981 年始，由中美双方联合通过专门的招生途径，每年从北京大学、中国科学院、中国科技大学等院校中选送 100 名应届大学毕业生，赴美攻读博士学位。这是中国改革开放以后第一次较大规模向国外派遣留学生，为中国后来的大规模国际人才交流和科学文化交流起到了开拓性作用。到 1988 年该计划结束时为止，美国纽约大学、哥伦比亚大学等 76 所优秀大学接收了中国近千名中美联合培养的物理研究生。这些学生中的许多人目前活跃在国内大学、科研机构、企业、金融机构和政府机关等各行各业，成为各领域的专家。他们如今依然非常感谢李政道，把他视为恩师。

提出推行赴美留学生项目的初步设想

“四人帮”被粉碎以后，为适应四个现代化的需要，中国政府准备派遣一批访问学者和留学生到美国进修。1978 年 6 月 23 日，邓小平对留学生工作做出指示：留学生要成千成万地派，不是只派十个八个。教育部研究一下，花多少钱，值得。今年三四千人，明年万把人。这是 5 年内快见成效、提高中国科教水平的重要方法之一。他还说，现在我们迈的步子太小，要千方百计加快步伐，路子要越走越宽。我们一方面要努力提高自己的大学水平，一方面要派人出去学习，这样可以有一个比较，看看我们自己的大学究竟办得如何。1979 年初，邓小平率团访问美国时，中美正式签署了关于中国派遣留美学生的协议。

但是，当时美国的名牌大学对中国学生的学术水平既不了解，也不信任。许多美国第一流的学校，至少在物理系，还不肯接收中国留学生做正式的研究生。除访问学者外，很多中国留学生仅仅作为旁听生。1979 年春天，李政道来中国访问，他了解到这个情况后，对中国有关部门的负责人说："为什么不派正式的研究生呢？这样做既可以得到学位，又受到和美国学生同样的训练。至少在理学院，还可以得到美国政府的资助，不用中国政府出钱。"

回到美国后，李政道就一直在为这件事操劳。1979 年 11 月 9 日，他在写给中国科学院副院长严济慈的信中说：

裘照明等五位同学都早已在纽约安住下来，汤拒非先生亦已来哥校，他们给我们学校和系的印象很好，想来也已有信向您直接报告，我们希望他们将来能一切成功。

在这封信中，想和您商量一下，关于明年继续接受由中国来哥校物理系做研究生的问题。

通常我们收研究生都需要经过 Graduate Record Examination(简称 GRE)，由 GRE 的结果，加上学生在大学的课程成绩及教授的介绍信而决定。因为中国还没有设置 GRE 考试的考点，所以关于明年的招生，我们希望能够类同，麻烦您和其他教授帮助我们办理，不知道能够吗？

一、这一次招生，我们想以研究院和北大为主。因而，同时我也有一封信给周培源校长，甚盼您和他能取得联络。

此外，我们希望其他学校物理研究生和大学生中程度好并有兴趣的学生也能参加。

二、不同学校的学生必须在同一地点、时间参加考试。地点和时间只能请您和北大决定。

假使来得及的话，最好能在明年一月三、四日（或以前）考。因为那时候我恰好来中国参加广州粒子物理理论讨论会。

三、考试题目，已由哥校物理系出好，随函寄上，请代严为保存。

考试时间是两整天。答案请用英文。

四、请研究生院和北大的老师们能代为改卷子。

五、我们希望能收到前十名考试卷子，连同他们的大学和其他履历及教授介绍信。

假使考卷能在一月十二日前改好,则我在广州会议后路过北京时可带回纽约，否则请寄来。

六、他们的英文程度想请研究生院和北大的外语教师加以审定，口试和笔试都可以，这里不另出题目。

七、我们根据他们的考试结果、英文程度和学历，再决定录取的名额（我的估计，大概是两三位。如成绩有特好的亦可略增，否则略减）。

录取者，望能在明年八月下旬来纽约，待遇与裘照明等相同。诸事麻烦，容明春北京见时再面谢。

与此同时，李政道在美国还思考如何把为中国培养学生这件事扩大到其他学校。那时，他在美国从事教学工作虽然已有 30 多年，但始终没有担任过学校行政方面的事务工作。一天，他把哥伦比亚大学物理系的系主任请来说："我虽然在美国教书多年，但是对美国的招生细则不很清楚，请你给我讲讲美国的招生程序。"于是，这位教授跟李政道详细介绍了有关的问题。李政道发现，请求入研究院的手续繁杂，要考 GRE、TOFEL 等，除建立考点，还需要相当可观的美金，当时，这对普通的中国学生来说根本无法承受。思忖半晌，李政道说："好的。现在我想把美国中国留学生的招生制度改良一下，发明一个新制度！"他把自己的构思详细写下来，寄给了 40 多所美国第一流大学的物理系主管，说他们如果愿意招收中国学生的话，请填表参加这一新的组织，并要求他们说明各自研究院有哪些科研专长项目。信中还提出了参加该计划的具体要求和条件：凡被接收的中国留学生都是该校的正式研究生，生活费、学费和医药费等，全部由校方负担，直到该中国留学生得到博士学位为止。李政道在致各所大学的函件中保证说，他一定送去高水平的中国学生，并且给这新的招生办法和组织起名为中美联合培养物理类研究生计划。

当年12月26日至29日，美国哥伦比亚大学、弗吉尼亚理工学院和俄勒冈大学等7所学校共录取了13名中国研究生。

在这之前，李政道在参加广州粒子物理理论讨论会途经北京时，向马大猷、吴塘等人提出了在全国推行中美联合培养物理类研究生计划的初步设想。当时主持科学和教育工作的国务院副总理方毅和教育部部长蒋南翔等随后向中央转达了李政道的建议，中央领导表示同意。

为赴美留学生项目呕心沥血

1980年1月10日，李政道在致方毅副总理的信中，正式提出了中美联合培养物理类研究生计划的设想。他在信中说：

方副总理：

……

我现在有一个对推广哥校做法的想法，即在今春将美国一些好的物理系研究院的大学（约30所）联系起来，每年共同出一组考试题目，请科学院主办，每年年底前在国内举行统一考试。这统一考试的目的是建立一个客观的标准，然后各学生可以以这个考试的分数及大学的成绩和教授的评价向美国各大学请求入研究院，可以不只向一所学校请求入学。

当然，这个计划目前仅在我个人的思考之中，尚未展开。假使成功，每年可有30位以上物理研究生来美国入学。如物理成功，化学、数学想来亦可相继成行。这样，将来每年新的研究生共达100名左右。训练他们的方法和美国训练好的科学人才是完全一样的，因而他们每人在美国一切的学费和生活费也是美国各学院负担，和美国对本国的理科研究生一样。

但是，想来在国内各同学参加考试，和如申请成功来美国，种种步骤一定也是不简单的。

假使这个考试是在北京举行，是否在外地的大学能允许本校有高才生参加呢？能否资助他们去北京参加呢？

将来如考试申请一切成功后，由中国至美国的旅费是否能得到国家资助？

假使这一计划成功，第一次考试将在今年年底前举行，那是为了 1981 年能入研究院，是否各大学能允许 1977 年入学的大学四年级学生参加？

这些和其他的问题，极望您能加以指点。

专此敬祝您和夫人

健康！

李政道

于从化

数日后，方毅回信表示对李政道的建议“深为赞同”。

为了中美联合培养物理类研究生计划顺利进行，早日培养出中国的物理学家，李政道利用他在国际物理界的威望，在中美联合培养物理类研究生计划旗帜下，尽可能多地聚集起全美第一流大学的物理系共同参与对中国物理人才的培养工作。他曾经给哈佛大学物理系主任卡尔·斯特劳奇教授写了一封信，就中美联合培养物理类研究生计划做了详细说明，并提出一个实验性的草案。

经过李政道的不懈努力，美国 46 所著名大学的物理系都加盟了中美联合培养物理类研究生计划。李政道经常与这些学校联系，1980 年 4 月 9 日，他曾亲自给参加中美联合培养物理类研究生计划的美国各大学发了一封信，他在信中说：

这是关于中美联合培养物理类研究生计划的第一份报告。由于贵校的关心和支持，我们已经顺利地迈出了第一步，共有 46 所美国大学加盟。随信附上学校名录。今年的考试将由哥伦比亚大学和康奈尔大学负责命题。

近日我分别收到方毅、严济慈、周培源、钱三强诸位先生的来信，信中重申了他们对在中华人民共和国开展该项目的坚定支持。在此，我建议诸位各向中国赠送一份我们现有的招收研究生的院系名单及任何其他有关这些院系的材料。这些资料经汇编后，可连同你们的问卷一起在中国编辑成书，提供给所有有志参加考试的学子。请尽快惠寄有关资料，以便及时成书，不误考期。

1980 年 4 月 16 日，当时的中国教育部部长蒋南翔和中国科学院副院长严济慈给李政道写信说：“我们对您如此热情地为推动美国大学联合在我国招考研究生，并在如此短的时间内，得到这么多大学的响应，深受感动。”信中还说，完全同意李政道所做出的安排，感谢他为祖国“四化”所做的极有价值的工作。

当时，李政道在哥伦比亚大学的教学和科学研究工作非常繁重。白天，他在学校工作，下班以后处理为中国培养人才和建造正负电子对撞机的事情。几乎每天晚上都工作到深夜，这样的工作节奏不是一两天，而是持续了许多年，并且全部是义务劳作。国内有关部门曾多次提出愿意支付给他相关的费用，但都被他婉拒了。他说：“这是我的一点心意，给中国培养人才是有意义的！”

中美联合招考赴美国留学物理研究生的考试工作，也是在这样的忙碌中开始的。各种手续办妥之后，李政道又亲自从美国给中国各地正在准备应考的同学写了充满期望的信。

他在信中写道：

亲爱的同学们：

这次由于中国科学院、教育部、各大学及研究院的负责人和教授们的大力支持，CUSPEA 初步有了很好的结果。当然，最主要的是你们自己的努力。

因为 CUSPEA 的程序是一种新的尝试，与中国、美国通常的入学方法不一样。随信附上我给美国 58 所大学物理系的通告（12 月 12 日发出），其中详述了一切申请和录取的手续和处理的期限，阅后请与中国科学院研究生院严济慈院长办公室取得联系，使一切步骤能按时进行。虽然美国的各大学是各自为政的，但是我们会尽最大努力，使你们 132 位之中的绝大多数得到录取。

来美国后，请不必立刻定专业，除自己的兴趣外，对将来的用处、国家的需要，亦请多加考虑。大体而论，做实验的应该远比念理论的要多。请注意，进研究院不过是学习的初步，得博士学位亦仅是就业的开始。这次你们考试成功，充分表现了中国的高等学校有很好的水准，而将来你们学成回国后，可更快地提高各大学和研究院的质量，使之超过世界水平。科学基础好，工农业也可以随之发展。

祝你们前途光明。

李政道

于纽约

1980 年 12 月 13 日

在李政道的不懈努力下，1980 年美国 60 多所大学在中国联合招考的第一批研究生共 127 人，翌年赴美，他们在 60 多所著名大学受到与美国本国最优秀的学生同样的培养和训练。他们之中，除 8 人学理论物理外，其余的都是学习中国急需的应用物理和新技术方面的专业。127 人全部享受美国提供的公费待遇，按每人每年学费和生活费的下限 1 万美元计算，仅第一批 127 名留学生，每年就为中国节约外汇 120 多万美元。

中美联合培养物理类研究生计划在美国产生了很大的影响。被录取的学生在美国各大学刻苦勤奋地学习，为中国学生赢得了很好的声誉，美国各大学物理系都纷纷要求接收中国学生，这在美国著名学府的历史上是绝无仅有的。

为中国培养更多人才而献策

自那时起的十几年时间里，李政道对中国如何更有效地派遣留学生的问题，在美国做了大量工作，仅就中美联合培养物理类研究生计划问题写给中国有关负责人的信件，就多达数十万言。他在信中，反复地阐述了自己的有关培养人才的观点，介绍了美国的教育制度和培养人才的经验、做法。

1981 年 2 月 11 日，他在写给邓小平、胡耀邦等领导人的信中说：

要吸收美欧科技成就，宜求其本。或可问他们的科学工作人员是如何培养的？是怎样训练的？其中最主要的一步是“研究生”的阶段，亦即由学士到博士这一阶段的教育，这些由理工科研究院毕业的博士们就是将来科学工作的基层人员。可是，得博士学位不过是工作的开始，尤其是理科的学生，通常尚需有一段“博士后”（postdoctoral）时期的训练，才能主持科学研究的任务。

当然，培养科技人才主力在国内，可是在最近几年中，送留学生可能是有效的方法之一。但其中亦有些大关键，中国送至美欧的留学生，是不是能进该国的好学校？而入校后是不是确实受到与该国的学生完全一样的科技训练？假使不能做到这两点，送留学生并不能解决问题，人数多不一定有益，或亦有害。

研究生的制度，美欧不一。而在美各校各科亦有异同。请允许我在下面简述在美国理科研究院的一般情况。

研究生是由各研究院从各大学毕业生（即得学士学位后）向该校申请的学生中选的。好的研究院选择和入院后的训练都是很严格的，程度不好或工作不努力的会被淘汰。通常在第一年和第二年主要是选课，一部分的时间是在实验室（数学除外），有的需担负帮助低年级学生的教导工作。这些工作通常均认为是研究院的训练的一部分（并非半工半读）。大部分的研究生在第三年开始就全力从事研究，写博士论文。由学士至博士的期限视各学生的能力而定，需四五年。

在美国，凡好的大学，一般理科研究生的费用，包括学费、生活费、医药费等通常全部由学校供给（这与医科不同，与工科也有区别）。

送留学生，是不是能送入好学校？是不是能受到好的训练？是不是能得到与其他学生同样的待遇？亦即是不是能成为正式的研究生？这些问题是必须讨论的。这些问题的解决是不简单的。试看，这两年来中国送出的留学生规模极大，但在5000名留学生中被美国最好的研究院，如Harvard（哈佛），Yale（耶鲁），Princeton（普林斯顿），Cornell（康奈尔），University of California（Berkeley）（加州大学伯克利分校），Stanford（斯坦福）等被收为正式研究生的数量是极少的，而至目前为止，在大部分好的研究院中可能尚是零数。

为什么？其中主要原因之一，是美国好的研究院的方针和决定权在系而不在校，与校长订条约是不起大作用的。但是各系均单独为政，如何能向这样多的研究院（亦即这样多的系）打交道，实非易事。

他在信中还说：

由于这些试验的成功，1980年初决定先以物理为例加以推广。自去年开始，承方（毅）副总理、蒋（南翔）部长、严（济慈）副院长的大力支持，略有小结果。去秋在国内举行了联合考试，尤其是研究生院及各大学的物理系做了大量工作，我极为感谢。现在仅第一轮后已经有 114 位同学收到美国各大学的物理系能接收正式研究生的申报，而其中很多是收到好几个学校的接收电报。目前正在开始第二轮。

因为觉得您也许会愿意知道这些发展，故冒昧地写了这封信，并随信附上有关的一些材料……并请原谅这封信的唐突之处。

可是，李政道的这番苦心和热忱，并非所有的人都能理解、支持。他提出的中美联合培养物理类研究生计划在中国国内传开以后，国内学术界不少人对此颇有疑虑和非议。说他这样做，是使中国年轻人才外流，势必影响国内研究院的发展；使物理太受人注意，与其他学科不平衡……

种种议论传到美国，李政道并未因此却步。他心想："这些理由都是颇有根据的。这充分表明了：凡做一事，不小心，必有坏果，而小心不一定有好成就。一切事情均能误解。"

针对种种非议，1981 年 2 月 21 日，李政道给邓小平写了一封信，他从各个方面阐述了事情的始末，解答了人们的质疑。在这封用中文书写的信件中，李政道还向邓小平讲述了他在使中国留学生进入美国大学学习的情形。他说："这个问题自 1979 年来一直耿耿在心，1979 年春在北京时就和科学院及教育部再三讨论，后来蒙科学院研究生院的协助，做了两个小试验，第一次是选了 5 位来哥伦比亚大学为研究生，对每一位均给 University Fellow-Ship（大学奖学金），每人每年 1 万余美元（包括学费、医药费及每月 450 美元的生活费）。第二次选了 13 位，3 位来哥校，其他介绍至美国别的研究院，他们的待遇亦大同小异，均为正式研究生。"

在这封信的背后，李政道还附上了附件：《CUSPEA 这一类通道的利弊和问题的讨论》一文。

1981 年 3 月，李政道接到了当时的中国国务院总理的亲笔信。信中说：

承蒙先生的倡导和赞助，去年的 CUSPEA 选考，甚为成功。欣闻 100 多名研究生将于今秋去美各高等学府就学，我仅借此机会向您表示衷心的感谢。

我完全同意方毅副总理的意见，CUSPEA 今秋仍应举行。如推广到其他学科，我们也表示欢迎。这些办法可与教育部举办的招考赴美国研究生的英文考试（TOFEL）和研究生入学考试（GRE）并存，以便通过各种渠道，造就我国“四化”伟业的各方面人才。我相信，在今后中美学术交流和中国学生赴美学习等方面，您将会做出更加出色的贡献。

从 1981 年至 1988 年，每年的头 3 个月，李政道的精力几乎全部投到中美联合培养物理类研究生计划上。一年约有 100 位中美联合培养物理类研究生计划的学生去美国。每一位学生都需要十几封推荐信，都是李政道和他的夫人以及秘书 3 人亲手书写。10 年中他家的信件总是把附近的邮筒塞得满满的，以至邮局写来抗议信说：你的信件太多，影响别人使用邮筒。之后，他和夫人、秘书 3 人，便用手推车推着，走过 10 个街区，把信分别投入到不同的邮筒里。10 年间，近 1000 名中国留学生的上万封推荐信，就是这样发出的。

年复一年，在美国，所有有关中美联合培养物理类研究生计划的工作，包括同几十所大学的联系，组织命题，邀请美国教授来华面谈，直到为被推荐学生分送材料，解决特殊疑难问题等，李政道都事必躬亲。发出的函件每年多达数百封，电话不计其数。他的夫人及秘书对中美联合培养物理类研究生计划的工作，也都给予了热情支持与帮助。

关于争取李政道、杨振宁回国工作的一段往事

张文裕是我进入高能物理领域采访后结识的第一位著名科学家。20 世纪 70 年代末，因为我国酝酿建造第一台高能加速器，而张文裕教授又是工程的总负责人之一，我必须及时地报道工程的进展情况，因此经常出入他的办公室和他的家中。1980 年，他作为中国高能物理代表团的负责人之一，我作为随团记者，在欧美各国访问时，更是朝夕相处，他对我讲述他的经历，尤其是周总理派他去做争取李政道、杨振宁回国工作的情景，至今记忆犹新。

1979 年 12 月 22 日，北京寒风呼啸，地冻天寒。这天上午，我来到北京三里河南沙沟张文裕教授的家中，见面后，满头银发的张文裕教授嘻嘻笑着请我在沙发上坐。他的老伴、著名理论物理学家王承书端来茶水招待我。

寒暄过后，这位浪迹天涯，足迹遍及欧美各大加速器中心的物理学家用带有福建口音的普通话对我讲述了他的经历，以及他与李政道、杨振宁交往的诸多往事。

“我不是李政道和杨振宁的导师，我只是在昆明西南联大教过物理，他们那么大的成就和名气，我怎么可能是他们的导师呢？”见面后，张文裕谦逊地对我说。

随后，他陷入了对往事的回忆：

“1957 年物理学有很大的进展，王承书（张文裕夫人）和我于 1956 年从美国回国以后，她接到她的老师乌伦贝克（电子自旋理论的创始人）教授的来信，信中说，李政道和杨振宁取得了很大的成就，他们提出的在弱相互作用下，宇称是不守恒的理论很快就被吴健雄（华裔物理学家）所做的实验证实了。因此，大家都说 1957 年是中国物理年。见到来信，我立即打电报祝贺了他们。”

张文裕说，李政道、杨振宁获诺贝尔奖时，还没有加入美国国籍。当时，他

正在苏联杜布纳联合核子研究所工作。国内给他打电报，让他去瑞典，一方面祝贺李政道、杨振宁获奖，同时争取他们回国工作。

张文裕说：“1957 年 12 月初，我从莫斯科乘飞机去斯德哥尔摩，到瑞典的中国领事馆一打听，台湾已经派人去了，是从英国派中央日报的记者去的，和我住在同一个旅馆里。李、杨何时到达斯德哥尔摩，瑞典方面保密。”

8 日，李政道由丹麦乘飞机到达斯德哥尔摩，杨振宁另道抵达瑞典。

张文裕说：“尽管授奖活动的日程安排得很紧张、很忙，李政道和杨振宁还是抽时间到旅馆里看望了我，并且邀请我参加授奖典礼和瑞典皇家科学院为他们举行的盛大宴会。”

因为有台湾代表参加，张文裕没有出席授奖典礼，为此，杨振宁和李政道又特地到旅馆里来看望了张文裕，并且带来了照片，说：“你看，这两个座位是给你和中国大使留的！”

过后，张文裕参加了瑞典皇家科学院为李政道、杨振宁获奖举行的宴会。

谈完以上往事，张文裕教授又对我谈了当年他受中国政府的委派争取李、杨回国工作的经过。他说，他向李政道和杨振宁转达了周总理的意思，希望他们能回到国内工作，他们听了很感动，两人都表示很感谢祖国的关心，说他们还年轻，再争取在国外工作一段时间，到一定的时候再回去。

“听说国内各方面规矩很多，我们回去不知道能不能习惯？”李、杨担心地问。

谈到这里，张文裕的神情有些黯然，他说：“1958 年在日内瓦召开高能物理会议，国内又派我和王承书做李、杨的工作。谈论中，我感到 1957 年国内的反右派运动，在李、杨思想上引起了很大震动，他们对反右派运动很反感。见面后，他们对我和王承书依旧很热情，但是，当提到回国的事情时，明显地不像一年前那样热情了。”李政道说，他们的很多熟人、朋友、老师都被打成右派了，回去，很担心，怕跟不上，怕被打成右派。

张文裕还回忆说，当时，中国驻日内瓦大使馆请李政道、杨振宁吃饭，他们也来了。张文裕说：“在那次宴会上，我还见了奥本海默教授（美国著名物理学家），他对我也很热情，我请他动员李政道、杨振宁回国参加建设，奥本海默也欣然答应了。”

张文裕还说，李、杨的民族自尊心很强。有一次，他们参加一个救济第三世界国家、帮助发展核能和平利用问题的会议，听着听着，他们实在听不下去了，半路上跑了，退出了会场。因为会议的报告把第三世界（包括中国）说得落后得不得了，李、杨听了很生气，会未开完，他们就中途愤然退场了。

采访中，张文裕还多次谈到杨振宁的父亲杨武之教授。他说：“杨武之教授是 1928 年考取公费赴美国留学的，是我国早期著名的数学家，他有很强的民族自尊心，很爱国。杨振宁获得诺贝尔奖之后，他曾让我给杨振宁带信，信写得很长，叫杨振宁回国。”

张文裕教授最后说，李政道、杨振宁获得诺贝尔奖后虽然没有回国工作，但多年来，他们时时都在关注着中国发生的一切，并且尽力帮助中国培养科技人才，促进科学技术进步。

丁肇中教授谈科学实验

1976 年冬，瑞典皇家科学院举行隆重仪式，颁发诺贝尔物理学奖。全世界许多著名的科学家济济一堂，全神贯注倾听一位学者用中文发表的重要演说：“我是在旧中国长大的，因此想借这个机会向在发展中国家的青年们强调实验工作的重要性。中国有一句古话：‘劳心者治人，劳力者治于人。’这种落后的思想，对在发展中国家的青年们有很大害处。由于这种思想，很多在发展中国家的学生们都倾向于理论的研究，而避免实验工作。事实上，自然科学理论不能离开实验的基础，特别是物理学，它是从实验产生的。我希望由于我这次得奖，能够唤起在发展中国家的学生们的兴趣，而注意实验工作的重要性。”

这是著名美籍物理学家丁肇中教授因发现 J 粒子而获得 1976 年度诺贝尔物理学奖时发表的演讲。自那时以来，3 年过去了。不久前，由他领导的一个高能物理实验小组又在德国汉堡的一台正负电子对撞机上找到了胶子存在的实验证据。这一重要发现，曾使各国物理学家们欣喜若狂。在这么短的时间里，丁肇中教授和他领导的小组在科学上接连取得惊人的成就，他是怎样领导大家进行科学实验的呢？

一个晴朗的秋日，记者就此访问了丁肇中教授和在他的小组工作和学习过的中国科学工作者唐孝威、郑志鹏、朱永生、许咨宗、张长春、吴坚武、杨保忠。

下午 2 点 30 分，丁肇中教授走进了和我们会见的北京饭店的房间。他看起来很年轻，不像 43 岁的人。他热情地和大家握手问好，坐下来仔细听记者的提问。

当记者对他和他的小组最近找到胶子存在的证据表示祝贺时，他谦逊地笑着说：“最值得祝贺的事情，是中国人民决心要实现四个现代化。”

丁肇中教授是第 3 个获得诺贝尔奖的美籍中国血统的年轻学者。他离开中国远涉重洋前往美国求学时，年仅 20 岁。当时他“身无半文”，完全靠奖学金念完了大学。他说，在这样艰难困苦的境况下读书，“就得多用功”。从上大学到取得博士学位到开始做科学研究工作，一般人要用 10 年的时间，而他由于勤奋好学，只用了 6 年。

“这样刻苦攻读，你不觉得苦吗？”记者问道。

“噢，不，不，不，一点也不，没有任何人强迫我这样做。正相反，我觉得很快活。因为我有兴趣，我急于要探索物质世界的秘密。”他爽朗地笑起来。

“任何科学研究，最重要的是要看对于自己从事的工作有没有兴趣，换句话说，也就是有没有事业心，这不能有丝毫的强迫。许多人从事科学研究的时间并不长，而接连出成果，我认为很重要的原因就是他们有事业心。比如搞物理实验，因为我有兴趣，我可以两天两夜，甚至三天三夜待在实验室里，守在仪器旁。我急切地希望发现我所要探索的东西。”

20 世纪 70 年代初，丁肇中教授怀着渴求科学真理的心情，到了美国东海岸的布鲁克海文实验室。经过几年的努力，1974 年他和他的小组把一束高能量的质子打在铍靶的原子核上，发现了一个重量比质子重 3 倍多的粒子。经过分析研究，他们发现这个新粒子的寿命比通常相近的基本粒子要长 1000 倍。发现重量这么大、寿命又这么长的基本粒子，这还是头一次，这就是著名的由丁教授亲自命名的 J 粒子。这个重大发现曾经轰动了世界，使一度沉寂的国际高能物理学界重新活跃起来，科学界认为，J 粒子的发现好比敲开了一个基本粒子家族的大门，给高能物理学的研究展示了新的前景。由 J 粒子提供的线索领路，科学家们又连续发现了一连串相类似的新粒子，使人类对物质微观结构的认识，前进了一大步。

在这以后，丁肇中教授继续利用欧美各国的大加速器从事高能物理的科学实验工作。和他在一起工作过的同志们说，他对工作的要求十分严格。工作起来一丝不苟，每天下午召集全组开会，检查布置工作。在讨论的时候，大家可以充分发表意见，展开争论，最后由他来做决定，规定好各自应该完成的任务和完成任务的时间，并把工作计划打印出来，人手一份，他随时检查进度，到时候一定要完成。

“听说在你的实验室里工作，一切由你一个人决定，是吗？”记者问道。

“哎——对啦！”他笑着说：“在讨论工作的时候，任何人都可以发表意见。最后我来做决定，一旦决定了的事情，大家就必须执行，不执行或是执行不力，那是决不容许的。”

丁教授还说：“为了使我的实验小组保持蓬勃的生命力，凡是在我那里工作过的人，3~5 年之后，我就介绍他到政府部门搞行政工作，或是介绍到学校去教书，或者参加别的科学实验。这样做的好处是可以不断地从中选拔出最优秀的人才来搞科学实验。”

在他那里工作过的我国科学工作者谈起丁肇中教授的治学态度时，对他很钦佩。他们举了一个例子。一次，测量几百个光电倍增管的各种参数及考验管子的稳定性。在测量过程中，发现 100 个管子中有 10 个噪声很大。搞这项工作的人本想改装这 10 个噪声大的管子就行了。因为要全部改装，费时很多，而且每只管子价格都是近千美元。尽管如此，丁肇中教授仍然坚持要全部拆了重来，每个管子要考验两天，一个也不能放过。他认为，搞实验，仪器不可靠，数据当然也就不可靠，因此，他不允许有任何的马虎和懈怠。

丁肇中教授本人在实验进行过程中，也和大家一样，常常是通宵达旦、夜以继日地工作着。我国科学工作者还讲了这样一件事：一次，他们小组做了一些计数器，要运到日内瓦西欧核子研究中心去核对，因为那里有标准的束流。当时，丁肇中教授在美国，虽然远隔重洋，但他还是连夜打电话，仔细询问了核对的情况，包括电子学的线路是怎么接的，都在电话上进行详细的询问。大家还举了一些例子。一天晚上，在德国汉堡的实验室里，一位中国科学工作者值夜班，取数据。那天晚上，丁肇中教授一直工作到凌晨 2 点才回去睡觉。刚过 5 点他又打电话来问仪器有什么毛病没有，实验进行得如何。总之，丁肇中教授认为，在科学的道路上，不脚踏实地地工作，不付出艰苦的劳动，就不可能前进；松松垮垮，舒舒服服，是搞不出名堂的。

当大家提起类似的故事时，丁肇中教授笑了。他说，自然界的奥秘随时都在吸引着每一个有志于科学的人，谁都想走在时间的前面，有所发现。因此，搞科学实验，争取时间是很重要的。

谈到这里，丁肇中教授真诚地表示，在他那里工作的中国科学工作者大都是对科学有兴趣、有发展前途的人，希望他们回国以后继续从事科学研究。由于搞科学实验要废寝忘食地干，因此，在生活方面要尽可能地不要让他们为家务事分心。

在谈到搞科学实验应由什么样的人来领导时，他说："搞物理实验，最好还是由物理学家来领导，过去西欧、美国的实验室有不少事实说明，由加速器专家领导的物理实验就不如由物理学家领导的实验搞得好。因为不是同行或者不懂行的人，往往缺乏科学的预见。"

谈到关于高能物理今后的发展及他所从事的实验工作的目的和意义时，丁肇中教授兴致勃勃地说，高能物理这一门科学的发展是非常迅速的。自从伽利略从比萨斜塔上丢下两个大小不同的物体证实了重力加速度是一个常数，这可以说是那个时候的直线加速器吧。到 19 世纪末期，X 光的发现，相对地说，也算是当时的高能物理研究。20 世纪 30 年代，中子的发现以及以后越来越多的新粒子的发现，高能物理研究的规模越来越大，涉及的学科越来越多，对仪器精密度的要求越来越高，因为它探索的粒子越来越小，而且有各自不同的特点。因此，在加速器建成以前，物理人才的训练、实验题目的选择是很重要的。否则加速器虽然建成了，但很可能做不出像样的物理实验。他希望，到他那里工作过一段时间的人，今后最好能不断地到国外去继续深造。这样，等到中国建成了加速器，就可以得心应手地在上面开展物理实验。

话题又转到他目前的研究工作上。他沉吟了一会儿说："找到胶子存在的实验证据，算不了什么。20 世纪微观物理学的一大进展就是发现除牛顿所发现的引力相互作用和 19 世纪确立的电磁相互作用外，还有两种新的相互作用：强相互作用和弱相互作用。我做物理实验的目的，是想找到这四种作用力的基本联系，这样对宇宙中的大部分物理现象，就能有一个全面而深刻的了解了。

丁肇中教授兴奋地说，最近他领导的小组在研究正、负电子对撞产生电子或 μ 子或 τ 重轻子的过程中，对量子电动力学进行了检验。首次测量到电子、μ 子、τ 重轻子的半径小于亿亿分之二厘米，这就是说，它们比原来认为的更小，证实在这样小的范围内量子电动力学还是正确的，这个实验结果，使人们对带电轻子和电磁相互作用的了解更深入了一步。

访问快要结束的时候，记者请丁肇中教授谈谈自 1975 年以来 4 次访问中国的观感。他坦率地谈了他的印象。他说："1975 年来时，在北京和科学家们谈了谈。那时，没有人谈科学，科学家们都处于恐怖状态。1977 年来访，科学家们兴奋地告诉我，他们获得了第二次解放。这次回来，见到高能加速器的预制研究已经开始，慢慢也有个计划，大批的留学生、研究生、访问学者也都派出去了，情况和几年前比，大不一样了。"

忆与丁肇中教授的交往①

丁肇中是继李政道、杨振宁之后，第三位获得诺贝尔物理奖的华裔科学家。我与丁肇中教授相识，已是40年前的事了。在与他的交往中，我时常想起他在获得诺贝尔奖时的那段著名演讲："我是在旧中国长大的……我希望由于我这次得奖，能够唤起在发展中国家的学生们的兴趣，而注意实验工作的重要性。"这段话，充分表达了丁肇中对祖国的一片深情，也使我对他产生了敬意。

初次采访

1979年秋季的一天早晨，我在中国科学院高能物理研究所采访时，听说了丁肇中要来中国访问、讲学的消息。在这之前，我对丁肇中一无所知。

丁肇中在获得诺贝尔奖之后，已经多次来中国访问，可我无缘与他相见，他的名气和成就是那样的显赫，在很短的时间里完成对他的采访报道工作，绝不是一件轻松的事。对此，我有些踌躇，为了完成好采访任务，决定求助中国科学院当时的负责人方毅。

听了我的想法后，方毅说："丁肇中教授对我国培养实验物理人才，很热心。我们的高能加速器（也就是目前正在运行的北京正负电子对撞机）建成后，很需要他的帮助，希望你能像采访报道李政道那样采访报道丁肇中。"

我一般是在正式采访本人之前，先做外围采访，对于将要报道的人物有足够了解之后，再与采访对象接触。这样做的好处是，有了充足的素材，不至于临时慌乱。就这样，在丁肇中到来之前，我用半个月的时间访问了中国科学院到丁肇中实验

---

① 顾迈男．采访丁肇中印象 [J]. 百年潮，2010（12）．收入本书时有修改补充。

组工作过的科学家唐孝威、郑志鹏等人，阅读了丁肇中在获得诺贝尔物理学奖以后写的文章《个人的回忆》。正当万事俱备时，不料直接采访丁肇中时却遇到了麻烦：中国科学院外事局的负责人以种种借口，拒绝安排我直接采访丁肇中。

那时，我年轻气盛，一气之下把他告到了方毅那里。很快，方毅的秘书郭曰方便通知我说，方毅批评了那位负责同志，他们已经安排我到北京饭店会见并采访丁肇中。就这样，我与这位物理学家的交往就这样开始了。

那是一个晴朗的秋日。午后，我按照约定的时间来到北京饭店旧楼的一个会客室里。下午 2 点 30 分，丁肇中教授走进了和我会见的房间。那天，他身穿黑色的西装，系着红色的领带，满面红光，英气勃勃。他笑着和我握手问好，然后坐下来认真地听我提问。

“听说您领导的实验组近来找到了胶子存在的证据，祝贺您啊！”

丁教授笑吟吟地听了我的开场白，说：“最值得祝贺的事情，是中国人民决心要实现四个现代化！”

随后，他便用带有山东日照口音的普通话和我交谈起来。

丁肇中离开中国台湾去美国求学时只有 20 岁，他靠奖学金念完了大学，用 6 年时间获得美国密执安大学的博士学位，曾先后在美国哥伦比亚大学和麻省理工学院任教。

20 世纪 70 年代初，丁肇中带领一个实验组在美国东海岸的布鲁克海文实验室，把一束高能量的质子打在铍靶的原子核上，发现了一个重量比质子重 3 倍多的粒子，这就是著名的由丁肇中亲自命名的 J 粒子。丁肇中因此获得 1976 年度的诺贝尔物理学奖。

在这之后，丁肇中带领一个由各国科学家组成的实验组，在欧洲和美国的各大加速器上继续做实验，寻找新粒子。

当时，中国正在酝酿建造第一台高能加速器，对此，丁肇中说：“在加速器建成前，物理人才的训练，实验题目的选择是很重要的。否则，加速器虽然建成了，很可能做不出像样的物理实验。”

这是我对丁肇中的初次采访。从那以后，我开始了与这位物理学家长达数十年的交往。

虽是初次相识，但我发现丁教授非常坦率，平易近人。初次谈话时，他就直言不讳地说，由于做科学研究需要全身心地投入，因此，在生活上应当尽量让科技人员不要为生活琐事分心，他说："一天回家做3个钟头的家务，做饭、买菜，那还搞什么科学研究？!"

采访过后，我写了长篇通讯《丁肇中教授谈科学实验》，新华社向国内外播发后，被报刊广泛采用。

到日内瓦采访

光阴荏苒，不知不觉过了9年。1988年夏天，我在北京饭店再次见到了丁肇中教授。我发现，9年的时光在他身上仿佛没有留下多少痕迹，他依然是那么年轻，那么幽默，那么雄心勃勃。见面后，谈到分别几年的情形。我把刚出版的《华罗庚传》一书送给他，还谈了采访邓稼先的种种见闻。

"可惜这些人都去世了。"听完，他说。随即站起来从里屋拿来几张欧洲核子研究中心（CERN）正在建造的世界最大的正负电子对撞机（LEP）的大幅照片。

"你看，这张照片是从空中拍摄的，这是日内瓦城。这个对撞机周长27公里，离地面最浅50米，最深150米，这是目前全世界最大的正负电子对撞机，工程差不多快要完工了，预计明年7月份全部建成，建成后将有来自世界各国的科学家在这台对撞机上做实验。"

丁肇中说，他领导的L3实验，在这个对撞机的地下50米处进行……随后，他拿来一块核桃大的白色晶体对我说："这是一种非常名贵的晶体，和钢一样重。是中国科学院上海硅酸盐研究所的科学家研制的，现在已经研制出8吨。准备用在我领导的L3实验的探测器上，你瞧，很重是不是？"

听完丁肇中兴致勃勃的谈话，我心里想的是采访后如何写篇访问记，于是便对他说："听说您很关心中国科学技术的进步，您能否谈谈这方面的意见？"

沉吟片刻，丁肇中说："任何一个大国，尤其是有历史传统的国家，都不能不重视自然科学研究；现在，工业、商业、国民经济都是用已经成熟的技术，新的技术只能从发展自然科学得到，不然，就会永远落在别人的后面。举例说，假使没有高能物理的研究，这个世纪就不会发现激光，也就不会有激光在医学和工业上的广泛应用；如果没有30年代的高能物理研究，就不会发现电子、核裂变，不发现电子和核裂变，就不会有新的能源，不会有核电……"

他说，自然科学从发现到应用都有一个过程，自然科学研究的新发现能够改变人们的观念和生活。中国是占世界人口1/4的大国，有悠久的历史，过去对人类科学做出过很重要的贡献，因此，不应忽略对自然科学研究的支持。

访问中，他还对我谈了对自然科学投资的重要性。他说："目前世界各国用在自然科学研究上的钱，相对地说很少，例如我领导的这个大型实验，所用的钱还顶不了几架军用飞机的钱。"

科学没有国界，而科学家有自己的祖国。

在座的陈和生博士告诉我，从1977年开始，丁肇中教授已经为中国培养了100多位科研人才。

随后，我写了一篇访问记，刊登在1988年第27期的《瞭望》周刊上。

这次访问中，丁教授表示想邀请我去CERN采访。他说："你可以去看看，来个'西游记'，不一定写东西。"

丁教授是位很细心的科学家，在这之后，他不仅很快寄来了邀请信和往返机票，还请中科院的一位访问学者陪同我去欧洲采访。

那是 1988 年冬季的一天，我们乘坐南斯拉夫航空公司的飞机，从北京经迪拜，到达苏黎世。然后，又从苏黎世乘火车到达日内瓦。瑞士的火车宽敞、明亮，乘客很少。从车窗向外望去，只见碧绿的草地一直延伸到天边。草地上间或见到一些矮小的房舍，家家户户的门前都被绿树、花草簇拥着。远远望去，宛如一幅幅迷人的风景画，令人心旷神怡。

那天，我大约坐了 3 个小时的火车，穿过瑞士绿色的原野，傍晚时分到达日内瓦。下车以后，我被安排住在日内瓦火车站附近的一个旅馆里。晚上，电话铃声响了，对方用缓慢的英语自报说，他叫施道耶，是奥地利人，在丁教授实验室工作。他说："顾女士，明天早晨丁教授想见你，到时候我到旅馆里来接你。"

坐了将近 10 个小时的飞机，又坐了 3 个小时的火车，可是我没有丝毫倦意。这是我生平第一次独自一个人在异国他乡过夜。我躺在床上辗转反侧，脑子里不停地想着明天和丁肇中的会见，以及如何度过这紧张而又漫长的两个星期(丁教授在信中写的邀请时间是两周)。

天亮以后，我问旅馆服务员在哪里可以吃到早饭，他用不太纯正的英语回答说，旅馆里不管早饭。无奈，我便信步走到日内瓦大街上，这时，街上已是车水马龙，日内瓦的建筑物都不太高，除了柏油马路外，许多偏僻的街道都是用鹅卵石铺成的，显得有些古朴典雅。我花了 1 美元买了一个火腿面包，带回旅馆作为早餐。不久，施道耶博士来了，他是位中等身材的奥地利人，大约 40 岁，憨厚的脸上留着浓密的络腮胡子茬儿。简短的寒暄过后，他把我带到一辆白色的奔驰车上，沿着日内瓦宽阔的街道，向瑞士和法国交界的边境地区驶去。汽车行驶了十几分钟，路边出现了一个醒目的标牌——CERN。进了这个中心，只见鳞次栉比的建筑物，施道耶带我走进了一座米黄色的建筑物——32 号楼的第 4 层。

见我来了，丁肇中教授迎上来，用炯炯的目光望着我，笑着说："很恐怖吧！"意思是我一个人来国外采访，很害怕吧。

“我叫你顾女士呢，还是叫你顾小姐？”

他大概见我有些局促不安，诙谐地说。

他又问我一路上是否顺利，随后给了我一个纸袋，说：“这是你两个星期的生活费(每天30美元)，因为你在国内有工资，所以只发给生活费。不包括你在瑞士停留期间的房租费，房租费我已另外替你支付了。”

这年，丁肇中正在领导由十几个国家、数百位科技人员参加的L3实验，可以说是非常的忙，但他对我的生活琐事还是很关心。短暂会见以后，他又亲自带我到3楼——中国参加L3实验的访问学者的工作室。人们见他来了都站了起来，人人面前都摆着一台电脑终端。

丁肇中把我领到一位访问学者面前，交代了几句，就匆匆忙忙工作去了。随后，这位访问学者把我带到一幢白色的建筑物——CERN的招待所里，住下以后，他又带我到日内瓦一个名叫JUMBO（音江包，中国人叫它大象鼻子）的超级市场买了些食品，然后又回到CERN。

吃过午饭，我随便转了转。CERN坐落在瑞士和法国交界处，在这个庞大的研究机构的墙壁上，到处都可以看到一张式样奇特的挂图。这张图的背景是从空中拍摄的日内瓦城，图的中心印着三个大写的英文字母——LEP。

图30　20世纪80年代末，作者在欧洲核子研究中心地下隧道里采访物理学家丁肇中（左1）

这是当时全世界最大的正负电子对撞机的示意图。这台周长27公里的巨型粒子加速器，能量高达1300亿电子伏特，它用一个城市的电力，让正负电子在一亿分之一秒的时间里进行碰撞，丁肇中领导的L3实验，就在第二个对撞点上进行。

当天下午，丁教授又带我参观了他领导的L3实验地下隧道里的现场。

我们来到地下隧道里，他头戴防护帽在前面走，我在后面紧跟，我情不自禁地对他说："你已经得到诺贝尔奖，为何还这样不辞辛劳？"

他停下来，用炯炯的目光注视着我，说："关于这个问题，10 年以后我再回答你！"

第一次到瑞士访问，邀请信上写的是两个星期，后来丁教授盛情相邀，我的访问延长到两个月。两个月中，除采访外，我还被丁教授指派的瑞士人皮特·拉抗领着，驾车进行了瑞士全境一日游。

瑞士给我的印象是：发达、富有。从日内瓦到苏黎世，再到伯尔尼，城市虽小，但整洁有序；街上店铺的橱窗里，摆满了各式各样的手表、金银饰品，还有五花八门的巧克力。

来过瑞士后，我觉得瑞士不但是名不虚传的钟表王国、巧克力王国，而且还是勤劳牧民的聚集地，因为到了 20 世纪末，宇宙飞船已上蓝天，而这里的人们还在放牧。

从这以后，我几乎每年都应邀去丁肇中的实验组采访。年复一年，在欧洲核子研究中心，我广泛接触并采访了许多世界著名科学家，其中有 CERN 的负责人，有诺贝尔奖获得者，还有丁教授的得力助手贝克博士，以及陈敏教授等。

他们详细地谈了多年来与丁肇中共事的许多动人故事，尤其是丁教授获得诺贝尔奖前后的经历。

有一年，丁教授亲自开车带我和中国访问学者马基茂到他的家中做客，顺便说一下，那些年采访中我时常被邀请去他家做客。日内瓦郊区的深秋，山下碧草连天、山顶白雪皑皑的莱拉山，云雾缭绕，在这片田园诗般的原野上，间或看到两三头奶牛在悠闲地吃草。

丁教授一面开车，一面说笑。他指着窗外起伏的山峦和绿色的原野，幽默地说："我住的地方是名副其实的'三家村'，这里所有的人加起来，还没有北京王府井的人多！"我们听了都笑起来。

丁教授的家在靠近瑞士边境的法国的一个小镇上。他家的门前是一片葡萄园。在两幢不太高的欧式建筑物前，他把车子停下来，用钥匙打开了矮矮的铁门。进了院子，有一个足球场大小的院落，绿茵茵的草地环绕着两幢小楼。草地上，间或生长着郁郁葱葱的松树、桃树、苹果树、梨树……

“这院子里有80多棵树，秋天苹果熟了，落了一地，因为没有时间摘……”丁教授说。

走进客厅，正面墙上挂着丁肇中和儿子丁明童的照片，另一面墙上挂着丁教授妻子苏姗抱着儿子的画像。书橱里摆着丁教授和女儿丁明隽、丁明美的照片，以及各种文字的书籍。其中有许多中国的线装书，如《儒林外史》《山海经》等。它提示客人：房子的主人除了精通物理学外，对中国悠久的历史和文学也很酷爱。此外，还有些来自中国的录像带《淮海战役》《大决战》，以及中国相声的录音带等。书架对面的墙壁上挂着中国著名数学家苏步青教授书写的大条幅：“丁肇中先生大雅：万木参天宝殿雄，四方游客浴香风；劝君休做山门客，不再飞来第二峰。”落款是：“苏步青灵隐寺前戏作”。

我们正在欣赏主人客厅里的摆设时，丁教授端来了他亲手泡制的乌龙茶款待我们。

我们坐在沙发上一面品茶，一面听丁教授谈他青少年时代的经历，谈话间，他讲了中国的许多历史典故。

丁肇中说，他获得诺贝尔奖之后，毛主席和周总理都已经去世。回中国后，华国锋会见了他，他还见过邓小平和胡耀邦。有一年回国时，中央领导人在北京人民大会堂请他看了电影《城南旧事》。

有一年，我在欧洲核子研究中心还访问了丁教授的妻子苏姗·马克斯·丁。她是一位长着满头金色长发，皮肤白净，双眼碧蓝，瘦削而又美丽的美国籍爱尔兰裔妇女。

她用纯正流利的英语和我交谈，我们聊天时，他们的儿子丁明童就在旁边玩耍。一开始，苏姗在纸上工工整整地给我写下了她的名字：Susan Marks Ting，她微笑着对我说，早年她曾就读于美国波士顿大学，毕业后到美国麻省理工学院工作。

“我第一次遇见丁是在汉堡。听说他对科学贡献很大，于是，我便对中国产生了浓厚的兴趣，开始研究中国的历史和文化，和丁接触后学了许多物理学的知识，因此，我对物理也很感兴趣。大学毕业后，我做过一段时间的专职教师，因此，我对中国的教育也很感兴趣。在丁的帮助下，我还对中国的教育进行了研究。丁是一位很受年轻人崇拜的科学家，他工作非常刻苦，致力于物理学的研究，决心是很大的。”

苏姗说：“我们的儿子出生时，丁就在我们母子身旁，因此，儿子看到的第一个人是他的父亲。平时，他虽然大部分时间在实验室工作，但是，他是一位很好的丈夫和父亲。虽然终日忙于工作……”谈到这里，苏姗郑重地笑着说：“他是 work work and work!（工作，工作，再工作！）但总是和家庭保持着密切联系。”

当时，丁肇中正领导着有 14 个国家 460 多位物理学家以及 600 多位工程技术人员参加的 L3 实验。听了苏姗的这番话，我心想，丁肇中如此刻苦、勤奋，以至于他最亲近的人都这样评价他，这大概就是他之所以还不到 40 岁就成为获得诺贝尔奖的杰出物理学家的原因吧！

1991 年春天，我再次应邀到 CERN 采访。当时，L3 实验组的科学家们正在召开每月一次的组会。丁肇中的父亲丁观海教授因患肺癌，在台北去世。丁肇中专程从瑞士飞回台北，参加了父亲的葬礼。那天，他从台湾奔父丧归来，下飞机后没有休息就直接来到会场。他在主持召开组会前，见到我，递给我一份他父亲丁观海教授的讣告。我想安慰他几句，但又不知说什么好，见他有些疲惫和伤感，便问道：“丁观海教授的葬礼举行得很隆重吧？”“嗯。”他苦笑着说，“台湾所有的‘政府要员’都参加了追悼会，说什么我父亲的去世是‘党国’的一大损失。其实，我父亲无党无派，谈何‘党国’？”

散会以后，我看了丁肇中教授给我的讣告。

讣告说：“1991 年 9 月 19 日，丁观海教授不幸因患肺癌，病逝于台湾大学医院。享年 80 岁，在这之前，丁肇华（丁肇中弟弟）随侍在侧，亲视含殓。噩耗传来，丁肇中、丁肇民（丁肇中妹妹）立即从国外赶回台北奔丧。”

由吴大猷等人组成的“治丧委员会”，在讣告中高度赞扬了丁观海教授的一生。我正在看讣告时，丁肇中突然来到中国访问学者的办公室，他交给了我一份英文稿，文章的题目是《怀念》。我和在场的中国访问学者们边看边把这篇文章译成了中文。丁肇中在这篇文章中深情地缅怀了他父亲的一生。

征得他的同意后，我把这篇文章寄给了国内的《瞭望》周刊海外版，他们很快就编发了。

去美国采访

“你去过美国吗？”有一天，丁肇中问我。

“去过。”我说。

“什么时候？”

“1980 年夏天，我随中国高能物理代表团去美国访问了一个多月。”

“我想邀请你去美国采访。”丁肇中说。

事情就这样定了。签证办好后，我独自一人从日内瓦乘飞机，在大西洋上飞了 7 个多小时，到达波士顿。

下飞机后，我就被丁教授安排的人接到了波士顿的剑桥。在剑桥，波涛汹涌的查尔斯河将丁肇中执教的麻省理工学院和哈佛大学分开。麻省理工学院的校园里，高楼林立，鲜花盛开。在丁教授工作的 44 号楼前，矗立着一个大写的“J”（他发现 J 粒子的标志）字。上面标着“1974—1984”。进门以后，左边大厅里，摆着 L3 实验用的 ω 子探测器的模型。再往里走，是科学家们的工作间。一台台的电脑终端，随时可以和世界各地的高能物理加速器中心联系。右边是丁肇中秘书的办公室，当时，他的女秘书名叫爱伦·宝贝，是位德国人的后裔。我去的时候，她正在谈恋爱。

上班后，爱伦小姐总是拿着电话用英语不停地说：“This is Prof. Ting

office!”（这里是丁教授办公室）。

上了二楼，右边会议室兼学术报告厅的墙壁上，挂着丁肇中在瑞典皇家科学院接受诺贝尔奖时的大幅照片。穿过走廊便是丁教授的工作间。在他工作间的墙壁上，挂着许多彩色的大照片，都是他和他孩子们的照片。

在半个月的时间里，我每天步行到麻省理工学院采访。除采访丁肇中本人外，我还与他的助手们交谈，并且采访了麻省理工学院核能研究所所长柯尔曼教授。他说，这个研究所是 1946 年第二次世界大战以后成立的。在这里工作过的学生和教授中共有 7 位诺贝尔奖得主，在距离研究所不远的地方，建有一台电子加速器，这个研究所参与的第二个大项目是丁肇中教授领导的 L3 实验。我们和中国物理学界有很多联系，时常有中国学者来访。

“作为一位世界杰出的物理学家，丁在这里工作，我们感到很自豪。他是 MIT（麻省理工学院英文缩写）的骄傲。”

“丁领导一个实验组从事寻找新粒子的研究，在世界高能物理领域里，是迄今为止国际上最大的合作项目。他成功地把各国物理学家组织在一起，这是很不容易的，也是非常值得提倡的。各国物理学家都愿意跟丁在一起工作。”

一天，丁肇中教授要去波士顿大学演讲，我应邀去旁听，同行的还有柯尔曼教授和丁教授的女秘书爱伦·宝贝。

途中，丁肇中用英语说：“这河名叫查尔斯河，和英国查尔斯王子同名，类似中国的秦淮河。柯尔曼也知道秦淮河，因为他到过中国。”

报告结束时，夜幕降临。丁肇中教授开车把我送回了旅馆。

在暮色中，波士顿街上车水马龙。查尔斯河畔的绿树红花，在夕阳的辉映下，披上了金黄色。我一面透过车窗望着这异国城市的美景，一面盘算着如何独自一人应付从波士顿到日内瓦横渡大西洋的旅行。

“你知道我为什么对你这样好吗？”途中，丁肇中突然对我说。

“不知道。”

“就因为当年你和 ×××（即当时中科院外事局的那位负责同志）吵了一架！”

“我和他吵架，你怎么知道的？”

“他告诉我的。他说，你把他告到了方毅那里，他觉得很委屈……”丁肇中说完笑起来，我也笑了。

听了丁肇中的这番话，我心想，如果当年我不坚持采访丁肇中，也许就不会发生后来的事情，就不会和他以及他的助手、学生们打那么多年交道，也就不会受到丁教授如此特殊的厚待和礼遇。

所有这些，都是我当时没有想到的。其实，在第一次采访丁肇中的时候，我只有一个念头：克服各种困难和阻力，做好对这位大物理学家的采访报道工作，把稿件写好。

我在 CERN 和 MIT 采访期间，丁教授曾不止一次亲自开车带我到街上吃饭，除了吃西餐外，他还多次请我去日内瓦的中餐馆吃山东人爱吃的，也是他这个山东人童年爱吃的食品——锅贴。离开波士顿前的那天中午，他又带我来到一家西餐馆，吃了清蒸龙虾。席间，他拿出两本印刷精美的大画册，说：“这本《丝绸之路》是送给你的。”另一本《哥伦布发现新大陆》，他让我带给当时的国家科学技术委员会负责人宋健。

“怪人”的传说

——寻访数学家陈景润

20 世纪 70 年代，在我国科学界乃至社会上，流传着许多关于“怪人”陈景润的传说，传说他修正了著名数学家华罗庚的数论定理；传说他研究数学入了迷，做了许多常人难以理解的怪事；更有甚者，传说他一夜之间成了名，受到了国家领导人的破格厚待。

在科学界，一些在陈景润周围从事数学基础理论研究的科学家们，“文化大革命”中始终为自己所从事的基础理论研究被贬为“不为生产服务”“脱离实际”而苦闷，彷徨，不知所措。忽然传来陈景润受到空前重视的新闻，他们说：“我们研究的基础理论，原来国家不废止啊！”欣喜之余，把陈景润事件比喻为“原子弹爆炸”，被陈景润的“冲击波”冲得兴奋不已。

这一切究竟是怎样发生的呢？回想起来，这也是在那场惊心动魄的大动乱中，我这个采访科学界的记者，所做的一件值得欣慰的事。

人生苦短，但是有些人、有些事，是不会随着时间的推移而消失的，已故著名数学家陈景润就是如此。我和陈景润由素昧平生到相识相知，到不由自主地为他奔走呼号，实在是因为我从内心里反对那场动乱，同情“文化大革命”中科学家们的遭遇所致。

说起来，那还是 20 世纪 70 年代初的一个春日，我目睹了“文化大革命”这场灾难对中国科技事业和科学家的迫害、摧残，每次采访回来心情都很沉重，那段时间，没有也不可能写出什么像样的稿件，采访只是应付差事而已。有一天，我在中国科学院参加一次报告会，听当时科学院的负责人武衡在报告中说：“我国年轻的数学工作者（他没有讲出姓名），在数学的基础理论研究方面，做出了一项具有世界先进水平的成果……”

“武衡指的这位年轻的数学工作者是谁？”听到这里，记者的敏感驱使我立即询问坐在身旁的一位科学院局长。

“唉，他叫陈景润，快死啦！是个怪人！”

我听了，心想：既做出了具有世界先进水平的科研成果，又快死了，此人一定非同寻常。于是，我决定采访这位怪人。

第二天，我便来到中关村的中国科学院数学研究所，说明来意后，接待我的那位“革委会”负责人，用疑惑不解的目光注视着我，慢吞吞地说道：“噢，你找陈景润啊，你找他干什么？”

“我想找他聊聊，听武衡说，他做出了一项具有世界先进水平的科研成果。”

那人眯缝着眼睛沉吟片刻，说：“这个人（指陈景润）生命力很强，中关村医院来了几次病危通知单，说他快死了，而他至今却还活着……”那位造反派苦笑了一下，又说：“反正他也不能去工厂、农村搞成果推广，他搞的那项基础研究也没啥用处，我们都懒得理睬他。这不，他来了！”

陈景润就这样站在了我的面前。我打量着这位采访对象，不禁惊愕了。当时，已是暮春时节，而他还是“全副武装”——穿一身厚厚的棉裤棉袄，戴着蓝棉布的鸭舌帽。在场的人们大概看出了我的惊讶，解释说陈景润因患结核病，长年发低烧，因而着装特厚。

“陈景润，这位是新华社记者，你要老实谈问题！”大概习惯了被人训斥，陈景润听了造反派头头的训斥，并不介意，他那浓浓的黑眉毛下一双大眼睛依然充满了笑意，不停地边冲着我点头，边说：“谢谢，谢谢……”

在此后大约一星期的时间里，我找陈景润本人和数学研究所业务处的负责人乔立风等做了几次攀谈、采访。过后，我回新华社写了两篇稿件在内部刊物上发表了，一篇题为《中国科学院数学研究所助理研究员陈景润做出了一项具有世界先进水平的成果》，另一篇的题目是《助理研究员陈景润近况》。

两篇稿件大概的内容是：1742 年，德国数学家哥德巴赫给大数学家欧拉写了一封信，他在信中提出了两个猜想。一个猜想是，任何一个大于 2 的偶数，都是两个素数之和；第二个猜想是，任何一个大于 5 的奇数，都是 3 个素数之和。欧拉给哥德巴赫回信说，他相信这个猜想是对的，但是他说，他不能证明。

稿中还说：“18 世纪和 19 世纪的数学家都试探过，谁也没能做出证明。1900 年，德国数学家希尔伯特在第二届国际数学会的著名演说中，把它作为 19 世纪最重要的未能解决的数学问题之一，留给了 20 世纪的数学家解决。要证明这个猜想是那么艰难，以致德国数学家朗道于 1921 年在剑桥大学召开的国际数学会上，无奈地说：“用现今的数学方法，要证明哥德巴赫猜想是力所不及的。”

稿中写道：“自从德国数学家哥德巴赫提出那个著名的猜想以来，在 200 多年的漫长岁月里，前 150 年研究它的工作进展始终不大，直到后来才陆续有些成果。”

中华人民共和国建立后，在数学所的数论组，华罗庚在长达 4 年的时间里，组织了以哥德巴赫猜想为中心的研究工作。1956 年至 1957 年，王元把苏联数学家布赫夕塔布的 (4+4) 改进为 (2+3)；1962 年，山东大学教师潘承洞与苏联数学家巴尔巴恩又独立证明了 (1+5)；1963 年，潘承洞、巴尔巴恩和王元都证明了 (1+4)；1965 年，苏联数学家 A.I. 维诺格拉朵夫、布赫夕塔布与意大利数学家庞比尼又证明了 (1+3)，后来的七八年间，有关这个猜想的研究，没有取得什么进展。

陈景润兴奋地注视着国内外数学家关于哥德巴赫猜想的研究，在数学所第五学科研究室，他对人说：“我不想和中国人比高低，我要和外国人比高低！”

1965 年寒冬的一天，陈景润交给王元（华罗庚的学生、当时数论组负责人）一篇论文，题目是《表大偶数为一个素数及一个不超过两个素数的乘积之和》。论文共有 50 多页，经过认真研究，王元宣布，论文的论证是正确的。同时也提出证明还要进一步简化，但因“文化大革命”开始，在 1966 年 5 月的《科学通报》上，仅发表了 1 页纸的简报。从简报发表到全文发表的 6 年中，国外数学家都知道陈景润宣布的研究结果，但谁也不相信是真的。1972 年《中国科学》复刊后，陈景润又交给了王元一篇关于研究哥德巴赫猜想的论文，题目是《表大偶数为一个素数及一个不超过两个素数的乘积之和》，共有 20 多页，他把原来的证明做了大量的简化与改进。王元惊喜地发现，从 1960 年到 1972 年，陈景润研究哥德巴赫猜想，做出了超越前人的独创性成果，既超过了国内的水平，也超过了国际上的先进水平。

王元还发现，陈景润不仅成果领先，在论证方法上也有突破。陈景润以国际上通用的加权“筛法”为基础，成功地做出了将偶数表示为某种类型的一个素数与三个素数之积的和表示法的上界，从而证明大偶数都可以表示为一个素数及一个不超过两个素数的乘积之和。几天以后，王元向华罗庚报告了这件事，华罗庚也很高兴。

在另一篇题为《助理研究员陈景润近况》的稿件中，我写道：“1956 年的一天，华罗庚收到了一封落款为‘陈景润’的群众来信。在这封信中，陈景润除谈了自己渴望得到数学大师的提携外，还附有一篇题为‘塔内问题’的数学论文。论文中直言不讳地说，他精读了华罗庚的《堆垒素数论》一书，觉得其中关于‘塔内问题’的几处地方，似乎还可以改进，并且提出了具体的改进意见。”

我还写道：“华罗庚看了陈景润的来信和论文，很感兴趣，他随即询问身边的人：‘这个陈景润真有想法，很有培养前途，但不知他是干什么的？’”

“当时，数学研究所正有一位厦门大学来的进修老师，名叫林坚冰，他对华罗庚谈了陈景润的情况。他告诉华罗庚，陈景润在厦门大学图书馆工作。当时，陆启铿正准备到南方出差，华罗庚为此叮嘱他到了厦门，一定要去拜访一下陈景润，问问他，如果愿意的话，就说我请他作为特邀代表，到北京来参加数学讨论会，路费全部由我们支付。华罗庚还让陆启铿拜访一下厦门大学的负责人，告诉他如果愿意放人的话，他想把陈景润调到北京来工作……陈景润就这样进了数学研究所，从此以后，便如醉如痴地钻研起哥德巴赫猜想来。

我写道：“陈景润患有严重的结核病，精神和体力不支时，就买些便宜的人参泡水喝……三年困难时期，他把自己节省的数十斤粮票捐给了灾区，过着极为简朴的生活。”写到这里，我还用数学所科学家们的话说：“陈景润从事的这项基础数学研究工作，虽然一时还不能用在工农业生产上，在国际上却是有影响的，因而希望有关部门能关心关心他，给他治治病，让他把哥德巴赫猜想继续研究下去……”

两篇在内部刊物上发表的稿件以及后来数年间我写的十数万字的关于陈景润的稿件，都受到新华社国内部有关负责人的热情支持。

稿件在内部刊物上发表后，我很快接到当时的国务院科教领导小组的通知，一天深夜，要我陪同有关领导（其中有武衡等人）去中关村看望陈景润。

1973 年 4 月 25 日凌晨 3 时左右，我们乘坐几辆小汽车浩浩荡荡从城里来到郊区的中关村，汽车在数学研究所的一幢宿舍楼前停住以后，武衡从车里走出来问随行人员说：“我们来这里，他（指陈景润）事先知道吗？”

“不知道。”随行人员答道。

“那好，走吧！”说完，我们便走进了黑洞洞的宿舍楼。

数学所陪同的人边走边说：“陈景润原来住在研究所的集体宿舍里，同屋的人嫌他深更半夜老是开灯看书，他也怕别人妨碍自己，便一个人搬进了这间废弃的小屋里。”他还说，几天前，陈景润交给了数学所领导一篇论文，郑重其事地说：“这篇关于哥德巴猜想（他提到哥德巴赫时，常常省略了‘赫’字）的论文，是我用多年的心血写成的，很重要呢！现在，我把它交给组织！”

这篇论文就是陈景润的成名之作——《表大偶数为一个素数及一个不超过两个素数的乘积之和》。几天以后，《科学通报》便发表了这篇论文。虽然发表的是摘要，然而，国内外懂行的人纷纷来信索要论文全文。

我们去的这天深夜（其实已是凌晨），陈景润和往常一样还没有睡觉，因为房子里没有熄灯。

“陈景润，有人找你！”数学所随行人员敲门说。

半晌，无人答应。

“陈景润，快开门呀！”

我们从门缝往里看，陈景润穿一件半旧的蓝布棉袄，正趴在门缝往外看，觉得门外仿佛有许多人，不禁战栗起来。这是 1973 年暮春的凌晨。过后，他对我谈了当时的情况和心情。他说，他听到这半夜的敲门声，又想起了在“专政队”里的遭遇。那也是一天深夜，外面突然闯进来一群人，非要追问他是不是在听敌台的广播。他再三辩解说他在听中央人民广播电台的对外广播，并且说明他为此专门问过中央人民广播电台，能不能收听他们的对外广播，他们说完全可以，并且还说他们广播的都是毛主席的著作和《红旗》杂志的社论。

“查夜的红卫兵凑过来瞅了瞅我手里拿的半导体收音机，瞅来瞅去，没有瞅出什么，就走了。而现在，虽然自己已经获得了‘解放’，但在这大动乱的年月，谁又能保证不再发生什么事？”陈景润说。

最后，陈景润还是把门打开了。映入我眼帘的景象令人震惊：这是一间大约只有6平方米的小屋，靠墙放着一张单人床，床前放着一张三屉桌，桌上、床上到处堆满了书籍、资料和稿纸，窗台上、地上放着破饭碗、药瓶子。天都快亮了，床上的铺盖还没有摊开呢！

门打开以后，陈景润痴呆呆地站在床和桌子的夹缝里，惊恐不安地望着我们这些不速之客，茫然不知所措。

“对不起，我……”他结结巴巴地说。

武衡是位刚刚获得“解放”的“走资派”，他无论如何也想不到，在这所谓“知识越多越反动”的年月里，竟然还有这样奋不顾身地钻研学问的人，半晌，他说：“陈景润同志，跟我们走吧！”

身体衰弱不堪的陈景润，就这样踉踉跄跄地跟着我们走了……他仿佛置身在云里雾中，不明白究竟发生了什么事，不明白为什么夜半更深地有这么多重要人物突然光顾他的小屋，也不知道人们将要把他带到哪里去……

在这次突访之前，武衡告诉我，我写的那两篇稿件，毛主席和周总理都看了，毛主席批给当时主管宣传工作的姚文元，要他关心一下陈景润，并按照内参提出的要求给陈景润治治病。原来，武衡等人是奉命前来带陈景润去检查身体和看病的。这天深夜，他们把陈景润带到了清华大学的一间会客室里，坐下以后对他说：“你在数学基础理论方面取得的成就，毛主席、周总理等中央领导人知道了，大家都很高兴。毛主席和中央领导同志听说你的身体不好，特地派我们来请医生给你看看病。”

陈景润听了，一时不知道说什么好，他只觉得在这世上活了这么多年，还从来没有人这样关心过自己。于是，他茫然地望着在座的人们，喃喃地说：“谢谢，谢谢！”“谢谢大家，谢谢毛主席的关怀，我没有做出什么贡献……”

在场的著名内科专家张孝骞等人拿出听诊器给陈景润听了听，问他过去得过什么病。陈景润说，他患结核病，中关村医院的医生曾说他最多还能活 5 年，几年前，病情最严重，当时差点死去。现在好多了，每天可以吃 6 两饭，晚上把收音机放在耳朵上，听三四个小时，也能睡觉了。

检查结束以后，医生对陈景润说：“你需要做系统的持续的治疗，需要休息，增加营养，只要你肯住医院，你的病是可以治好的！”

几天以后，陈景润便被送进了北京郊区黑山扈的三〇九医院。

住医院是陈景润很不情愿的，这中间还有个故事。

送陈景润进医院的那天傍晚，我随国务院科教领导小组和中国科学院的负责人再次来到中关村数学研究所宿舍，准备送陈景润去医院，谁知，满脸不高兴的他迟迟不肯动身，并明确表示不想住医院。研究所的负责人问他为什么，“再来了‘运动’，你们是走资本主义道路的当权派，我是修正主义苗子，住医院花国家的钱，是要受到批判的！”陈景润谈出了自己的顾虑。

经过在场人们的一番劝说，陈景润总算勉强同意跟大家走了。在去医院的路上，他说：“‘文化大革命’当中，造反派抄家，把我多年辛辛苦苦省吃俭用积攒的钱（银行存单）全都抄走了。”

不仅如此，还批斗他：“陈景润很有钱！”问他这些钱是哪儿来的。后来，落实政策，又把存款单还给了他。接受这次教训以后，陈景润把钱都分散存在了中关村附近的储蓄所里，并且把存款单缝进了棉袄。

“国家会给你钱的，你个人存那么多钱干什么？”同行的国务院科教领导小组的一位负责人说。

“我因为身体不好，看病、吃药都要花钱，积攒些钱是为了今后退休了治病用。”陈景润说。

当时，陈景润的工资每月八十几元人民币，还要寄钱赡养他的老父亲。可见，攒钱对他来说是多么不易！人们反映，平时在研究所食堂里，陈景润每餐饭只吃馒头、咸菜或吃米饭，很少吃菜，用酱油泡汤喝。

不久，我们来到三〇九医院。

由于事先打过招呼，因此医院非常重视接诊工作，各级医护人员都来了。寒暄过后，护士拿来了医院的病号服要陈景润换上，谁知，他竟死活不肯脱掉自己的棉裤棉袄，还有外面穿的一件棉大衣。见这情景，国务院科教领导小组的那位负责人把在场的医护人员赶走后，说：“陈景润，把存款单折子拿出来吧！”

陈景润无奈地从棉袄里掏出了一个塑料口袋，递给了那位负责人，那位负责人随即递给了同去的数学所所长。

“这样吧，我念，你记！”国务院科教领导小组负责人对数学所所长和医院的一位负责人说。

“你这包里总共有多少钱？”

“不知道，现在我脑子很乱！”陈景润说。

陈景润被迫掏了一包又一包，最后算下来共有6000多元人民币和两块手表。

“这些存款单请你们所长带回所里放在保险柜里给你存着，你在这里安心养病，等病好了，回到研究所里再还给你。”

陈景润听了无奈地点了点头。

经过一段时间的治疗，陈景润的病情大有好转。我不时地去医院看望他，随时把他的情况通过内部刊物向党中央反映。从这以后，我和陈景润结下了友谊，他从一次次无形中受到党中央和中国科学院领导的关怀中判断，我大概是他唯一可以讲真话及可信赖的朋友。因此，他有什么困难都来找我谈。一天，他来到我家里，对我说他要谈恋爱了，征求我的看法，我告诉他这纯粹是他个人的私事，我不能帮助他，请他自己解决。

陈景润成名后，当上了人民代表。有一年全国人民代表大会召开期间，我和他在北京的京西宾馆相遇。那天，他精神焕发，满面笑容。他对我谈了成为名人后的苦恼，也谈了研究哥德巴赫猜想的进展。谈话中，他对我诉苦说：“近来有许多新闻记者围着我转，弄得我很烦。有的甚至夜间敲我的门，使我无法工作。”他问我怎样才能摆脱。又说：“深更半夜地来敲门，谁知道他是记者还是小偷？我没有开门……不过，你例外，顾大姐，你随时可以来找我。”他笑着说。

听了他这番话，我心里很不舒服，我对他说，记者都是我的同行，人家采访、报道他是好意，他不应把记者和小偷等同看待，并表示，以后我也不会随便打扰他。

这次谈话，使我感到陈景润成名后，思想有些变化，对他有些不耐烦了。后来，便渐渐地和他疏远起来。不过，必要时，我还是高兴为他服务的，尤其是“四人帮”垮台，科学界恢复职称评定工作后，他第一批被评为研究员，科学院还给他安排了宽敞的住房。

1978 年，全国科学大会召开，陈景润被安排在主席台上就坐并做报告。他在报告中，向来自全国各地的上万名科技人员讲述了自己的故事。他说：“我自己感到，我只不过是攀上了科学的一座小山包，我的经历和千千万万科学工作者的经历都说明，要向科学技术现代化进军，必须苦战！”

他在报告中，还用整整一段的篇幅，讲述了新华社记者对他的帮助。

陈景润成名以后，成了国内外街谈巷议的传奇人物，有些事越传越玄，以致以讹传讹，歪曲了事实真相。一年以后，他被邀请到美国访问、讲学。回国后，为了在报纸上辟谣——国内外纷纷传说陈景润申请长期留在美国，不回国了。为此，我又专程去采访了他。

1979 年 6 月的一天，我再次来到了陈景润的小屋门前。正要敲门，他从房里迎了出来，笑着邀我进屋里坐。这天，他上身穿一件褪了色的中山装，下身穿一条的确良裤子。除了人显得胖了些外，看不出有什么变化。小屋里，床上、桌上、地上、窗台上，仍然堆满了书。

“你还住在这间小房子里啊？”见面后，我问他。

“早就叫我搬家，我没搬。现在大家住房都很紧张。我只有一个人，这就足够啦！”他说。

谈话就这样开始了。在长达 3 个小时的时间里，陈景润兴致勃勃地对我谈了他访问美国的感想。他说，美国普林斯顿高级研究所所长伍尔夫教授，分别给他和著名拓扑学家吴文俊教授来信，邀请他们前往美国参观访问。他和吴文俊夫妇、一名翻译，1 月 6 日到达普林斯顿。这个研究所是世界著名的学术中心，经常邀请各国知名的学者前去访问，是一个环境幽静，类似我国北京香山的地方，这里有茂密的森林、碧绿的草地和盛开的鲜花。最使他感兴趣的是这里的图书馆藏书很多，一天 24 小时都对外开放。

“各国科学家有时在阅览室喝茶的时候，也交流学术思想。”陈景润说，他还是老毛病，喜欢一个人在图书馆里看书，有时也参加茶会，但是不多。

“我也用英语同各国科学家交谈，印度、意大利、日本的都有，大家就在黑板上演算各种各样的题目。”

“这个研究所分物理、数学、历史三个研究部门。行政负责人是美国人。科学是没有国界的，著名的物理学家爱因斯坦曾经在这里工作了 20 多年，最后在这里去世。我和吴文俊教授代表中国科学家在这里参加了纪念爱因斯坦诞生 100 周年的纪念会。”

这次访问中，陈景润还告诉我，他这次到普林斯顿主要是参观访问，继续搞自己原来的研究工作。访问期间，应邀到普林斯顿大学做了一次演讲。各国科学家对他以往在数论研究方面的工作成绩给予充分的肯定，赞誉他发表在《中国科学》上的关于哥德巴赫问题的研究成果是著名的“陈氏定理”，还称赞他在筛法问题上有很大贡献。美国以及英、法、德等国的一些大学和研究所也曾邀请他前去讲学或短期工作，由于他感到国内还有许多工作要做，都婉言谢绝了。

陈景润这样总结了他的这次美国之行：“几个月来，通过和各国同行共同探讨数论方面一些大家共同关心的问题，增加了相互间的了解，这对大家都是有益的。”

谈到今后的工作时，他回答得非常干脆：“念书。”陈景润还说：“现在学术活动以外的事太多了，太分散精力了，我非常想静下心来念书，不然，我就要落后了，就要辜负党和人民的期望了。”他说，他在出国访问期间，收到了中外人士上万封来信，他很想每封信都答复，可是，实在没有时间呀！

我的访问结束了，离开了陈景润的小屋。可是，我在脑子里无论如何也驱散不了对陈景润小屋的记忆。在这间窗子上糊着破报纸的6平方米的陋室里，陈景润十几年如一日，他每天早起晚睡，忍受着长年发低烧的病痛，有很长一段时间拿着80%的病假工资，日日夜夜潜心研究高深的数学理论，共演算了6麻袋稿纸。如今他成名了，已经是国际上知名的学者了。可是，他还是他。

这次访问以后，我写了篇通讯，题目就叫《他还是他》。新华社播发后，1979年6月7日，《人民日报》在显著位置刊登了这篇通讯。

从哥德巴赫提出那个著名的猜想，到陈景润的论文发表，其中经过了200多年的漫长岁月，世界各国有多少数学家绞尽脑汁，呕心沥血地钻研它，最后都失败了。因而，陈景润的成功就格外引人注目。有位作家说，“陈景润的研究成果，离摘取哥德巴赫猜想这颗皇冠上的明珠，仅有一步之遥”，这是一个十分形象的比喻。的确，因为有了陈景润的研究成果，证实哥德巴赫猜想的进程大大向前推进了。

英国数学家哈伯斯坦和李希特合著的《筛法》一书，写完了10章，正准备出版的时候，“陈氏定理”忽然问世，作者决定推迟出版，又立即以《陈氏定理》为题，补写了第11章。

1979年法国出版了一部囊括古今1000多位数学家的传记，将陈景润也列在其中。这年，美国科学院副院长访问中国科学院数学研究所时，惊问陈景润：“是什么力量和毅力，使你大力推进了如此之难的哥德巴赫猜想？”

英国数学家赫胥黎，在写给陈景润的信中惊叹：“啊，你移动了群山！”

访问美国归来，陈景润回到了阔别多年的故乡。一天，他来到中学时代的母校，给同学们讲了一个故事。人们从这个故事中，也许能找到前面提到的那位美国科学家给他提的问题的答案。他说："同学们，你们听说过这样一道题目吗？现在有100元，要买100只鸡，已知大公鸡每只5元，母鸡每只3元，小鸡每只0.5元。问：100只鸡中，大公鸡、母鸡、小鸡各有多少只？"

学生们睁大了眼睛听着，过了一会儿，陈景润又说："这叫作百鸡术，是我国古代人民提出来的，很出名呢！还有圆周率（π = 3.1415926…）、孙子定理和商高定理……这些成就的取得，都比西方早。只是近百年来，我们才落后了。所以，我们一定要奋发起来，为科学献身！"

人们不必猜想，就是这个原因，使陈景润奋不顾身。

人生苦短，如今，陈景润已经驾鹤西去。

忆起在那艰难年代我与他的邂逅，他的音容笑貌历历如在眼前。我想，在他生前，在他最困难的时候，作为一名记者，我怀着义愤和极大的同情心，冒着为"臭老九"唱颂歌、和"四人帮"唱反调的风险，为他和他所从事的基础科学理论研究工作奔走呼号，终于引起了上自党中央、下到中国科学院各级领导的重视，所有这些，我认为都是我们记者义不容辞的神圣职责。

不久前，他留在人世间的手稿、遗物，已经被永久地陈列并保存在北京庄严雄伟的革命历史博物馆里，供世世代代的中国人瞻仰、缅怀；他的英名和他的事迹，同中国历史上所有为国家做出贡献的英雄一样，将永垂青史。我想，这盛情，这礼遇，恐怕是陈景润生前万万没有想到的。

他还是他

——访陈景润

“陈景润回来了。”中国科学院数学研究所业务处负责人乔立风对记者说。

“他现在在哪里？”

“在宿舍里。”

“他的宿舍在哪里？”

“老地方。”

提起“老地方”，记者想起了1974年5月发生的一件事。有一天晚上，人们到宿舍里来找陈景润，准备送他进医院。当时，他正患结核病。但是却不见他的踪影。几个小时以后他才回来，并且说，现在给他看病的医院够好了，他不愿意再到别的医院去治病。

这一天，记者第一次访问了陈景润的小屋。这是一间不到10平方米大的小房间，桌上、床上、地上，都摆满了书。“老地方”就是指这里。

乔立风告诉我，陈景润提升为研究员以后，研究所给他安排了宽敞的住房，“但是，他仍然不肯搬家呀！”

我们谈着，来到了陈景润的小屋门前。正要敲门，他已经从房里迎出来了，笑着邀我们进屋里坐。他上身穿一件褪了色的中山装，下身穿一条的确良裤子。除了人显得胖了些以外，和出国前看不出有什么变化。小屋里，床上、桌上、地上、窗台上，仍然堆满了书。

“你还住这间小房子啊！”

“早就叫我搬家，我没搬。现在大家住房都很紧张。我只有一个人，这就够好啦。”

谈话就这样开始了。陈景润在长达3个小时的时间里，兴致勃勃地对记者谈了他访问美国的观感。他说，美国普林斯顿高级研究所所长伍尔夫教授，分别给他和著名拓扑学家吴文俊来信，邀请他们前往参观、访问。他和吴文俊夫妇、一名翻译，于 1 月 6 日到达普林斯顿。这个研究所是世界著名的学术中心，经常邀请各国知名的学者前去访问，是一个环境幽静，类似我国香山的地方，有茂密的森林、如茵的草地和盛开的鲜花。最使人感兴趣的是这里的图书馆藏书很多，一天 24 小时开放。各国科学家有时在阅览室喝茶的时候，也交流学术思想。

“我还是老毛病，喜欢一个人在图书馆里看书；有时我也参加茶会，但是不多。”他笑笑说：“我也同各国科学家交谈，印度、意大利、日本的都有，大家就在黑板上演算各种各样的题目。”

“这个研究所分物理、数学、历史三个研究部门。行政负责人是美国人。但是，在这里工作的科学家大都不是美国人。科学是没有国界的。著名的物理学家爱因斯坦曾经在这里工作了 20 多年，最后在这里去世。我和吴文俊教授代表中国科学家在这里参加了纪念爱因斯坦诞生 100 周年纪念会。”

陈景润说，他这次到普林斯顿主要是参观、访问，继续搞自己原来的研究工作。访问期间，应邀到普林斯顿大学做了一次演讲。各国科学家对他以往在数论研究方面的工作成绩给以充分的肯定，赞誉他发表在《中国科学》上的关于哥德巴赫问题的研究成果是著名的“陈氏定理”，还称赞他在“筛法”问题上有很大贡献。美国以及英、法、德等国的一些大学和研究所也曾邀请他前去讲学或短期工作，由于他感到国内还有许多工作要做，都婉言谢绝了。

“几个月来，通过和各国同行共同探讨数论方面一些大家共同关心的问题，增加了相互间的了解，这对大家都是有益的……”陈景润最后这样谈到了他的美国之行。

谈到今后的工作，陈景润回答得简洁干脆：“念书。”

“现在学术活动以外的事太多了，太分散精力了。我非常想静下心来念书。不然，我就要落后了，就要辜负党和人民的期望了。”他说，他在出国访问期间收到了中外人士上万封来信，他很想每封信都答复，可是“实在没有时间啊”。

我的采访结束了，离开了陈景润的小屋。但是，我在脑子里无论如何也驱散不了对陈景润小屋的记忆。在这间小小的陋室里，陈景润十几年如一日，每天早起晚睡，忍受着长年发低烧的病痛，有很久一段时间拿着 80% 的病假工资，日日夜夜潜心搞科学研究，共演算了 6 麻袋稿纸。如今，他成名了，已经是国际知名的学者了。可是，他还是他。

我记起他自己的几段话：

“我自己感到，我只不过是攀上了科学的一座小山包，但在全国科学大会上，却让我上了主席台。这对我来说是非常大的鼓舞和鞭策。”

“党对我的关怀，也是对所有知识分子的关怀。我的经历和千千万万科学工作者的经历都说明，向科学技术现代化进军，必须苦战。我决心以周总理为榜样，和疾病做斗争，为革命贡献毕生精力。”

突破“禁区”采访邓稼先[①]

1986 年，在邓稼先去世前的数月里，我作为第一个进入核武器研究“禁区”采访的记者，曾多次和邓稼先接触，对他进行访谈，并专程到他工作的核武器研究设计院采访他的事迹，从而知道了关于邓稼先许多鲜为人知的感人故事。这些故事感人至深，至今仍清晰如昨，现整理如下，以表达我对邓稼先的怀念。

终获“禁区”采访“通行证”

20 世纪 80 年代中期，我在新华社当记者。经常联系的部门是国家科学技术委员会（下称“国家科委”）和中国科学院，以及它们附属的研究机构。有一天，我在国家科委采访时，在和一位负责人闲聊中，偶然听说了邓稼先这个名字。那位负责人说，最近著名物理学家、诺贝尔奖获得者杨振宁教授来中国访问，他对中国国家领导人说，国内对科学家的宣传太不够了。他曾经问过北京大学核物理系的一位大学生：听说过邓稼先没有？那位大学生竟然说从来没有听说过邓稼先这个名字。然后杨振宁十分感慨地说，邓稼先对国家做出了那么大的贡献，中国学习核物理专业的大学生，竟然连他的名字都没有听说过！

记者的责任感促使我决定立即寻访邓稼先。但是，越是深入采访我越感到，让邓稼先从不为人知到广为人知，让他的经历和业绩闻名于世，并非是一件轻而易举的事情。首先，他工作的领域是国家绝对保密的行业，而且参与研制原子弹和氢弹的科学家那么多，单把他一个人抽出来突出宣传，能行得通吗？仔细想过之后，我还是决定知难而进。

① 顾迈男．突破“禁区”采访邓稼先 [J]. 百年潮，2009（12）．收入本书时有修改补充。

邓稼先究竟是何许人也？国家科委的那位负责同志也不知详情。找来找去，几经周折，我终于在核工业部打听到了邓稼先。在听我说明来意之后，核工业部当时的办公厅负责人李鹰翔对我说："邓稼先现在病得很重，要采访他得费些周折。这样吧，过几天咱们一起去拜访一下国防科工委的负责人朱光亚同志，请他帮助指点指点。"

几天后，我和李鹰翔以及核工业部军工局的负责人尤德良到国防科工委拜访了著名核物理学家朱光亚。朱光亚教授热情地接待了我们，他向我们谈了他当年领导研制"两弹"的过程，谈了当时极端艰苦的条件，也谈到了邓稼先。在谈到能否采访和报道邓稼先时，李鹰翔在一旁插话说："邓稼先病得很厉害，先报道他，等以后再报道其他的科学家……"就这样，我获得了采访邓稼先的"通行证"。在李鹰翔的热情安排下，不久后的一天，我在北京解放军总医院的病房里见到了邓稼先。

那天，邓稼先穿着一件白底蓝布条的病号服，他因身患癌症，刚做完手术，身体很虚弱，微笑着的苍白的脸上，布满了戈壁大漠风沙深深刻下的皱纹。他用沙哑的声音非常吃力地和我谈话，他从钱三强找他谈话说"我们要放个'大炮仗'"谈起，回忆了自己的经历以及如何走上从事中国战略核武器研制工作这条道路的。

"娃娃博士"海外归来

1924 年 6 月 25 日，邓稼先出身于安徽怀宁县的一个书香门第的家庭。他的父亲邓以蛰曾任北京大学哲学系教授，邓稼先出生后，他的父亲说："我们的儿子就取名叫'稼先'吧！古人说，禾之秀实，而在野曰'稼'。'稼'就是在田野里已经秀穗结实之禾，叫'稼先'如何？"又说，这名字预示着我们的儿子根植于中华大地，并且早早地秀实和成熟于中华大地，成为造福民众的沧海之一粟。

1929 年，邓稼先刚满 5 岁，进入北京武定侯小学读书。小学毕业后，他在北京崇德中学与杨振宁成为同窗好友。日军入侵北平后，日本宪兵队规定：中国老百姓从日本哨兵面前经过时，均必须向"皇军"行礼。血气方刚的邓稼先，每天上下学宁肯绕着路走，也不肯在日本侵略者面前弯腰行礼。1940 年发生的一件事，迫使他离开了北平。这年春天，北平市日伪当局强迫市民和学生为庆祝“皇军胜利”举行了游行和所谓的“庆祝会”，邓稼先所在的学校也举行了这项活动，邓稼先怀着一腔怒火参加了。散会时，他将手中的纸旗撕得粉碎。他的举动被日伪当局安插在学生中的奸细发现，当即把他告发到了校长那里。日伪当局要问罪，他被迫离开了北平。1941 年，邓稼先考入西南联大物理系。1945 年毕业后，他先后在昆明文正中学、培文中学和北京大学物理系任教。1948 年至 1950 年，邓稼先在美国普渡大学物理系攻读研究生，并获得博士学位。不久，他和 200 多位中国留学生冲破重重阻挠回到了祖国。

当他这位“娃娃博士”出现在也是刚从各国归来的前辈科学家钱三强、彭桓武、王淦昌等人的面前时，大家都为初创的中国科学院核物理研究所注入了新鲜血液而高兴。几年间，邓稼先和老科学家们一起艰苦创业，他们骑着自行车到旧货摊上购置零件，自己动手制造仪器，使新中国第一个从事近代物理研究的科研机构从无到有地壮大起来。

图 31　中国“两弹之父”核物理学家钱三强

中国的“曼哈顿工程”在一片高粱地起步

中国人研制原子弹的梦想，在新中国成立之前就已经有了。在看到美国投掷在日本的两颗原子弹的威力之后，1946 年，蒋介石在庐山提出，要设法制造一颗原子弹。蒋介石还派了个考察团去美国，争取到美国“曼哈顿工程”的研究生产机构考察：学习制造原子弹的技术。但是当考察团抵达美国之后，就接到消息：美国政府不同意外国人进入原子弹研究机构，甚至原来已经参加该工程的外国人均已被排除在外。国民党政府制造原子弹的梦想就这样破灭了。

原子弹的出现，产生了巨大的军事威慑效应，同时它的存在给人类带来了巨大灾难的危险。但是，正如法国著名科学家约里奥·居里在 20 世纪 50 年代初对即将回国的中国放射化学家杨承宗说的那样：“你回国以后，请转告毛泽东主席，你们要反对原子弹，你们自己就必须拥有它！”

谁也没有想到，几年之后，在北京郊区的一片高粱地里，中国的“曼哈顿工程”悄然展开。

1958 年秋季的一天，当时的二机部负责人、著名核物理学家钱三强突然找到邓稼先，笑吟吟地对他说：“小邓，我们要放个‘大炮仗’，这是国家绝密的事情，想请你参加，你看怎么样？”说完，钱三强又严肃地说：“这可是光荣的事情啊！”邓稼先听了立即明白所谓“大炮仗”是怎么回事，就是说要让他参加中国第一颗原子弹的研制工作。面对这突如其来的艰巨、光荣而又关系重大的科研任务，一时间，邓稼先不免有些胆怯、惶恐。他说：“呵，研制原子弹！我能行吗？”“能行！你就和大家一起干吧！这是国家对你的信任。这件事关系到国家的安危，相信你能够干好！”

不久，邓稼先就“失踪了”。“失踪”之后，只有 33 岁的邓稼先来到筹建中的核武器研究设计院。当时，所谓的核武器研究设计院就在北京北郊的元大都遗址附近，也就是现在的花园路。

据当时的九局（也即九所、九院）第一任局长李觉将军回忆，邓稼先是他见到的第一位青年科学家。李觉回忆说，1958 年六七月份，邓稼先来到了核武器研究所，所领导让他立即到北京的各大专院校物色人才。于是邓稼先到北京大学、清华大学和北京航空学院挑选了 28 位大学生，也就是后来人称的“28 星宿”，这些人成为九局的第一批青年骨干。一天，李觉来到工地，看见邓稼先光着膀子正带着

图 32　核物理学家王淦昌

年轻人在砌砖。初秋的北京，阳光依然炎热。许多年轻人也甩掉衣服，赤膊上阵，工地上写着醒目的大幅标语："晒黑了皮肤，炼红了心。"年轻人见邓稼先的皮肤总也晒不黑，就给他起了个绰号"大白熊"。施工紧张的时候，几乎每天傍晚都有一些开国将帅如聂荣臻、陈赓、张爱萍、宋任穷等，下班后到工地来参加劳动。在劳动过程中，将帅们经常把邓稼先找到身边了解情况。

1959 年初，他们在代号叫"02"的地方建起了几座楼房，九局从此有了可工作和生活的地方。有一次李觉从青海回来向部里汇报工作，正碰上邓稼先给新来的大学生们讲解物理知识。李觉问他传授的是哪方面的知识，邓稼先告诉他说，新来的 28 位大学生都是清华大学、北京大学、北京航空学院的尖子生，但都没有学过核物理专业，更没有学过如何研制原子弹，因此特地组织他们学习有关知识。

李觉一看教材，都是法文原版，就问："这书里讲的是制造原子弹的原理吗？"邓稼先一听笑了，他说："我的大局长，在今天的世界上，还没有告诉人们怎样研制原子弹的书籍。每个国家对此都绝对保密。这几本书都与原子弹有关，是钱(三强)部长从法国带回来的，对我很有启发。核物理和原子弹对这些大学生来讲，还是一个陌生的世界，我以这几本书为基础，从原子世界的 ABC 讲起，他们自称这是核物理的'扫盲班'，从零讲起……"邓稼先还对李觉说，关于核工业的知识，不但您这位局长、这些大学生要从头学起，就是我们这些留过洋，有博士、院士头衔的人，懂得的也不多。在国外，人家根本不让我们这些留学生接触这方面的知识。

在这之前，聂荣臻元帅代表中国政府与苏联签订了《中苏国防新技术协定》。根据协定，苏联答应给中国提供一个原子弹教学模型，为陈列这个模型，邓稼先他们做了很多准备工作，但派人到车站接了几次，也没有见到模型的踪影。一天，二机部负责人刘杰把邓稼先找去说："你要有思想准备，原子弹的理论设计要自己干。"不久，苏方撕毁协议，苏联专家也全部撤走了。邓稼先对年轻的大学生们说："研制战略核武器，是中国人民的利益所在，也是增强国防的大事，我们只能靠自己了！"

如果把原子弹比作一条龙，那么搞原子弹理论设计的先行工作就是“龙头”。这项工作做得好坏，关系到原子弹各种工程设计的成败。中国没有造过原子弹，因此也就无所谓有什么权威。在国外严密封锁的情况下，邓稼先作为这个研究所理论部的负责人，他先读书，然后一面备课一面讲。年轻人称他为邓老师，他说：“你们甭叫我邓老师，咱们一块干吧！”他有时备课到凌晨4点多，在办公室睡上两三个小时，天亮了继续工作。

邓稼先他们日夜含辛茹苦地工作，1959年就把中国第一颗原子弹的理论计算轮廓勾画出来了。在爆炸力学、中子输运、核反应、中子物理、高温高压下物质的性质等一系列关键问题上，各种数据都搞得扎扎实实的，哪怕是一个细小的疑点，他们都不放过。当时，我国还没有大型的电子计算机。有一次，为了把一个问题弄清楚，邓稼先带领几十个年轻人日夜三班倒，用4台手摇计算机连续算了9次。经过这样过细的工作，他们还不放心，又请理论物理学家周光召等人从物理概念出发进行估计，结果证明他们得到的数据是可靠的。

1964年秋天，当惊天动地的声音即将在罗布泊上空响起的时候，邓稼先接到母亲病危的电报，他担心这是最后一次见母亲，但他又不能立即赶回去，因为那声惊雷般的轰鸣还需要他的指挥。

图33 我国第一颗原子弹爆炸成功

中国第一颗原子弹爆炸成功后，邓稼先立即回到北京，他看见许多人都在抢看“号外”，于是他也拿着一张“号外”来到母亲的病床前，激动地挥动着报纸说：“成功了，成功了！”他那已经不能讲话的母亲呆呆地望着他，似乎不明白他所呼喊的成功和手里拿着的“号外”是什么意思。看到母亲的神情，他反应过来，急忙跪下，紧紧地抓着母亲的手，把脸贴上去。母亲哭了，他也哭了。直到最后，他母亲也不知道自己的儿子干什么去了。邓稼先很想告诉母亲，但是就在与亲人死别的时候，他依然恪守着走进秘密历程时许下的保密誓言。

奋战在荒凉的戈壁滩

图 34 “两弹元勋”邓稼先

提起罗布泊，人们就会把它和荒凉、沉寂连在一起。可是，在邓稼先和同伴们的心目中，它却是自己生命中的一片绿洲。一位科技人员曾经这样说过：“楼兰古城的城墙没能挡住漫卷的风沙，一条曾经繁华、喧闹的丝绸之路消沉了。总以为大漠就是沙漠，应该是蓝天白云，金沙连天。然而，当你脚踏坚硬的石砾，看到被压抑在两侧斑驳的山峦时，你才真正感受到了大自然的严酷和大漠的苍凉。”参加核试验的科技人员说，在这片地理学上被称为地台的地方，生命的力量被淡化，风成了这里的主宰。无日不刮的狂风，千百万年折磨着这里的群山，形成了奇特的地貌。在这里，爱国主义是人们的精神支柱，也是人们的动力源泉，一切为了国威、军威，成了人们坚定的信念与共识。在高大的井架前，他们亮出了自己的心声：抛家舍妻赴场区，最懂崇高爱；无私奉献为实验，深知人世情。他们说，初到罗布泊的人，会听到老同志细致入微地传授每项大漠的生活方法：怎样洗澡，怎样洗衣服，怎样喝水，怎样吃水果。因为这里的水质很差，每次洗完澡身上都会留下白花花的碱。个别有过敏症的人，身上还会长出一片片红疹。由于水质差，多数人饮用后都会腹胀、腹泻……沙漠的生活是那样的枯燥、艰难，邓稼先他们就在这样的环境里干了几十年。

第一颗原子弹爆炸成功后，邓稼先激动的心情还没有平静下来，一项难度更大的工作又落在他和他的同伴们肩上——研制氢弹，他作为组织研制氢弹的理论设计负责人，遇到的困难可想而知。在那些日子里，他常常是夜以继日地工作，有时睡在机房的地板上，有时守在工厂的加工机器旁，经常是“把心提到嗓子眼上”。他和他的同伴们渡过了一次又一次成功或失败、生或死的难关，尤其是他担任了九院院长之后，就更是身先士卒，忘我地工作。“在研制氢弹和新的战略核武器过程中，作为一位组织者和参加者，他是立下了汗马功劳的！”邓稼先的同伴们异口同声地说。他们说，20 世纪 80 年代中期，在中国进行的历次核试验中，邓稼先常常亲自在现场指挥试验队工作。在这期间，他常常是下了火车上飞机，有时来不及吃饭，从食堂带上两个馒头就匆匆上路了。有一年，一个月之内，他在从工厂到试验现场几千公里的路程上往返了两次，下了飞机就工作，一天只睡三四个小时，甚至通宵达旦地工作。有时刚刚睡下，电话铃一响，穿起衣服就走。人们说，邓稼先和他同伴们工作的范围可以说是“八千里路云和月”。

在我的采访中，人们讲了这样一件事：核装置的各种零部件都研制出来后，总装工作就要开始了，大厅鸦雀无声，科技人员走进来就要各就各位地着手组装氢弹了，邓稼先握了一下一位科技人员的手，说：“呀，你的手怎么这么凉？来，我给你暖和暖和。”说着，他把这位科技人员的手揣在了自己的怀里，说：“不要慌，时间还来得及！”在“两弹”研制过程中，邓稼先在各种极为危险的场合出现，科技人员都明白，他想的是：“万一出了问题，咱们死在一起！”人们说，邓稼先带领奋战在核试验研究第一线的科技人员忘我地工作，过了整整 10 年的单身生活。失败的风险，成功的欢乐，大戈壁严酷、恶劣的气候，染白了他的头发，在他的脸上刻下了深深的皱纹。那是一次地下核试验，试验场上千军万马等待着“零时”的到来，核装置徐徐下井了，各种测试仪器一起开动，装置下到一定深度时，有个信号突然测不到了。在场的科技人员从午夜一直讨论到天亮。最后邓稼先决定在现场采取妥善的办法。这天，戈壁滩上寒风呼啸，滴水成冰，气温在 –30℃以下，人们见邓稼先太疲倦了，就劝他休息，他说：“不，这里是战场，我不能走！”直到故障排除后，他才和大家一起离开现场。由于过度劳累，在庆功会上他突然晕倒了，抢救了一夜才苏醒，他醒后问的第一句话就是：“核爆炸的测试结果如何？各种数据都拿到了没有？”

长年累月的紧张工作，使邓稼先的健康状况越来越差，以致多次在试验现场晕过去。可是，当氢弹原理突破的时候，当一次核试验成功的时候，他却像小孩子一样高兴地跳起来。

春蚕到死丝方尽

1985 年 7 月的一个夜晚，为了一个技术方案，邓稼先和九院的科学家们讨论到深夜。他走进周围长满七里香的小平房宿舍，轻轻地开门又轻轻地关门，怕吵醒了已经熟睡的警卫员。他没有睡意，便拿出舒伯特的《未完成交响曲》放在了唱机上，悠扬的旋律顿时响了起来。他打开抽屉，想写点什么，但立刻被抽屉里的一叠纸片吸引住了：“2000 年，圣诞之夜，美国太空司令部，巨幅的电子显示屏上，大批的洲际导弹正向美国袭来……十万火急，一瞬间，一场决定人类命运的世界大战开始了……”邓稼先凝视着某杂志上描绘的未来战争的一幕，他想了很多。他想起了祖国屈辱的近代史，也想起了研制第一颗原子弹时的困难与艰辛。

1985 年，邓稼先告别研究院回到北京，当他谈笑着和警卫员走进解放军 301 医院时，他绝对没有想到：他再也不能回到他的研究院了！当时他想的是：第二次创业，再现黄金时代。

邓稼先患直肠癌的消息传开后，从北京到研究院，人们都在设法挽救他的生命。国防部部长张爱萍亲临病房，亲自过问他的治疗，3 次手术，张爱萍都守候在手术室外……当医生和护士乃至首长、亲人们围着他团团转的时候，邓稼先感到非常的痛苦和绝望：他再也不能回到几千里之外的工作岗位了！

1985 年国庆节来临，当时邓稼先住进医院已经快 3 个月了，他再也按捺不住焦躁的心情，向警卫员提出“想出去看看北京”。开始的时候，警卫员无论如何都不同意，后来看到他那样的心切也就同意了。就这样，瞒着医生和护士，他们俩溜出了医院。

秋天的北京，到处洋溢着节日的气氛。邓稼先和警卫员乘坐公交车来到王府井，一路上，谁也没有注意他这个身上挂着导尿瓶、普普通通，甚至土里土气的人。

到了王府井，他走进了新华书店，买了本英语书送给警卫员，然后，就入迷地翻看起一本关于新技术方面的书来。一个多小时过去了，警卫员不安地催促他说：“回去吧，医生要查房了！”“待会儿，还没有去天安门呢！”走在长安街上，邓稼先不时地停下来东张西望。他仿佛预感到这是最后一次到天安门了。他记得，1950 年他刚从美国回来的时候，正值国庆一周年，他第一次见到在晨雾中，一列士兵护着鲜艳的五星红旗走向天安门广场，当时他的心情是那样的激动。

“你，能行吗？”快到天安门时，警卫员问他。

“能行！你不知道今天是国庆节？”

邓稼先走到天安门广场，走到国旗下，他对年轻的警卫员说：“到新中国成立 100 周年的时候，你都 84 岁了，那时，我们国家富强了，你可一定要来看我啊！”

“嗯，一定，我一定来看你！”警卫员一边哽咽着说，一边沉重地点着头，恨不得放声大哭。

1986 年夏天，一个酷热难耐的日子，我带着刚刚出版的《瞭望》周刊，走进了解放军总医院邓稼先的病房。进门后，见邓稼先躺在床上，杨振宁教授坐在他的床边，两人正在低声地谈话。看见我来了，邓稼先挣扎着从床上坐起来，他接过刊物，匆匆地看了一下，苍白的脸上露出了笑意，随后用冰凉的双手紧紧地握住我的手，连声说：“谢谢你呵！谢谢你……”

站在邓稼先面前，我尽量让自己的脸上挂着微笑，心里却充满了酸楚和哀痛，这滋味久久地滞留在我的心头，挥之不去。它使我既有一种完成了报道任务的满足感，又使我为这位采访对象即将永远地离开我们而深深地悲伤，当时邓稼先妻子许鹿希教授也在，和我一起去的新华社摄影记者王辉开始给大家照相，他照了一张又一张。给邓稼先和杨振宁照了合影后，又给我和两位科学家以及许鹿希教授照了合影。

1986 年 7 月 29 日中午 13 时 50 分，为国家做出重大贡献的“两弹元勋”邓稼先溘然长逝，他怀着未酬的壮志，怀着对祖国和亲人们的眷恋走了。在人们眼含热泪和邓稼先诀别时，我的脑海中不禁又浮现出他那谦和的微笑，耳边仿佛听见他温厚的声音。

邓稼先去世后，杨振宁教授在写给许鹿希的电报与书信中说：“稼先为人忠诚纯正，是我最敬爱的挚友。他的无私精神与巨大贡献是你的，也是我的永恒的骄傲。”“稼先的一生是有方向的，有意识地前进的。没有彷徨，没有矛盾……如果稼先再次选择他的途径的话，他仍会走他已经走过的道路。这是他的性格与品质。能这样估价自己的一生的人不多，我们应为稼先庆幸。”我想，邓稼先不仅仅是他的亲人、朋友的骄傲，也是中华民族的骄傲！

“两弹元勋”邓稼先

1986 年夏季来临。

这年的 6 月 23 日，国内外各大报刊在显著位置刊登了新华社播发的长篇通讯《“两弹元勋”邓稼先》。

美国的《纽约日报》以《中国原子弹之父逝世》为题，破例刊登了这篇由我署名采写的通讯。

邓稼先是何许人也？他为何成为中外备受关注的不朽人物？说来话长。

要做“三不朽”的人

1924 年 6 月 25 日，邓稼先出身于在安徽省怀宁县的一个书香门第的家庭。为了给他们长子起名，曾任北京大学哲学系教授的邓以蛰，颇费了一番心思。

在过去古老的中国，有身份有文化教养的家庭给孩子起名，往往有很深的文化内涵，常常寄托了父母对孩子的希望。

邓稼先出生后，邓以蛰望着这个白白净净、浓眉大眼的男孩，对妻子说：“我们儿子就取名叫‘稼先’吧！古人说，禾之秀实，而在野曰‘稼’。‘稼’就是在田野里已经秀穗结实之禾，叫‘稼先’如何？”

又说：“稼先这个名字，内蕴很深，预示着我们的儿子根植于中华大地，并且早早地秀实和成熟于中华大地，成为造福民众的沧海之一粟。”

邓稼先刚满 8 个月，父亲便把他们母子二人从安徽老家接到了北京。

1929 年，邓稼先刚满 5 岁，便进了北京武定侯小学读书，进学堂以前，父亲把他叫到书房里，对他说：“稼先，明天你就要上学读书了，你将要成为读书人了。古人云：读书人应有‘三不朽’，你知道‘三不朽’是什么吗？”

小稼先摇了摇头。邓以蛰继续说：“这‘三不朽’，就是要立不朽之德，立不朽之言，立不朽之功。”

“先说立不朽之德。就是上学读书要长知识，最重要的是修养美德。倘若能将自己一辈子的美德一代一代地流传给后人，这就叫作立不朽之德。

“再说立不朽之言。读书人要虚心学习先人留下来的知识，但是，不能人云亦云，要有自己的见解和主张。把正确的见解留给后代，让后人学习。这就是立不朽之言。

“最后是要立不朽之功。一个人读了书，增长了知识，也增长了本领，就要用自己学到的知识和本领为社会做一些好事、益事，为后人造福。此乃立不朽之功也！

“不朽者，永生，永存也。我儿应该把做‘三不朽’之人当作自己读书做人的目标。”

小稼先睁大了眼睛，聆听着父亲的教诲；可是，他又听不大明白，但是，他知道，父亲是让他好好读书，做一个有用的好人，于是，点了点头，表示记住了。

邓稼先渐渐长大以后，才真正领悟了父亲这番话的意思，立志要成为“三不朽”之人，这就成了他终身的奋斗目标。

邓稼先在北平（北京）上完了小学和中学，他在北京绒线胡同的崇德中学读书时，与著名物理学家、诺贝尔奖获得者杨振宁是同学。

杨振宁和邓稼先从小就有很深的情谊。他俩祖籍都是安徽。幼时，两人常在一起玩耍，打墙球，弹玻璃球，比赛爬树。

日本侵华战争爆发后，北京城里到处都是日本兵，日本宪兵队规定，凡是中国老百姓，从日本哨兵的面前经过，都必须向“皇军”行鞠躬礼。

血气方刚的邓稼先不肯屈从这个规定，每天上下学，他宁愿绕着路走，也不肯在日本兵的面前弯腰鞠躬。

1940 年发生的一件事情，迫使他离开了北京。

1940 年春天，北平笼罩在沦陷后的白色恐怖中，北平市日伪当局强迫学生和市民举行庆祝"皇军"胜利的庆祝会。邓稼先所在的学校也举行了这个活动，他强忍着一腔怒火参加了，散会时说：这简直是奇耻大辱！就把手中的日本纸旗撕了，扔了。邓稼先撕旗子的举动，不料被安插在学生中的奸细看见了，他立刻把邓稼先告到了校长那里。

凑巧，这位校长是邓以蛰的朋友，他把那个告密的人打发走了以后，立刻赶到了邓家，说："邓先生，稼先的事情我只能搪塞一时，如果没有处理结果，日方恐不会答应，到那时，可就不好办了。"

送走了校长，全家人聚在一起商量的结果是：走为上策！邓以蛰提议让读完大学的长女邓仲先带着弟弟邓稼先到大后方的昆明去。

1941 年秋天，邓稼先考入了昆明西南联合大学物理系。1945 年他从西南联大物理系毕业。1945 年至 1948 年，他曾先后在昆明文正中学、培文中学以及北京大学物理系任教。

1948 年至 1950 年，邓稼先在美国普渡大学读研究生，并获得博士学位。这时，他只有 26 岁，人称"娃娃博士"。1950 年同 200 多位中国留学生一起，冲破种种阻挠回到了祖国。

1953 年，邓稼先与许鹿希结婚。许鹿希是五四运动时期重要的学生领袖，后来担任九三学社主席，是全国人大常委会副委员长许德珩的长女。

1956 年，邓稼先加入了中国共产党。

从此以后，他便把自己的一切都交给了党和国家。

回国后，邓稼先在中国科学院近代物理研究所工作。他从助理研究员干起，很快晋升为副研究员，有一段时间里，还曾兼任中国科学院数理化学部的副学术秘书。1958 年以后，他被调任第二机械工业部核武器研究所、院（简称九所、九院）理论部主任、副院长、院长。

由于他在核物理、理论物理、中子物理、等离子体物理、统计物理和流体力学等方面，领导解决了一系列有实际应用价值的理论问题，对中国核科学技术的发展做出了卓越贡献，1980 年 11 月当选为中国科学院学部委员。

我们要放个“大炮仗”

回国后，当邓稼先这位“娃娃博士”出现在钱三强、彭桓武、王淦昌等这些刚从欧美各国归来的前辈物理学家们的面前时，大家都为初创的中国科学院近代物理研究所注入了新鲜血液而高兴。

几年间，邓稼先和老科学家们一起创业，他们骑着自行车到旧货摊上购置零件，自己动手研制仪器，使近代物理研究所——新中国第一个近代物理研究机构渐渐壮大起来。

1958 年秋天来临，有一天，已是第二机械工业部负责人的著名核物理学家钱三强，找到邓稼先说：“小邓，我们要放个‘大炮仗’，这是国家绝密的事情，想请你参加，你看怎么样？”说完，他又严肃地说：“这可是光荣的任务啊！”

邓稼先听说国家要放个大“大炮仗”，而且让他参加，他立刻明白了，就是说要让他参加原子弹的研制工作。面对这艰巨、光荣、关系重大的事情，一时间，他又不免有些惶恐、胆怯，说：“呵，研制原子弹，我能行啊？”

“能行。你就和大家干吧！这是国家对你的信任。这件事关系到国家的安危，相信你能够干好！”钱三强说。

这天晚上，邓稼先回到家里一夜未眠，妻子许鹿希见他神情有些异常，问他发生了什么。

“没有什么，我要调动工作。”他平静地说。但想到以后不可能长年和妻子、孩子生活在一起，他又不免有点惆怅和不安，怀着深深的歉意说：“鹿希，以后家里的事我就不能管了，我的生命就献给未来的工作了，做好了这件事，我这一生就过得很有意义，就是为它死了也值得！”

这天夜里，邓稼先和他的妻子忆起了许多往事。尤其是谈到过去的共同经历和国家未来的前途，两个人都很动感情。这时，许鹿希虽然不知道邓稼先要调到哪里，干什么工作，但是，她明白她的丈夫要做的一定是关系到国家利益的大事业，而且相信他会豁出命来干的，这是因为他们都经历过国破家亡的苦难。尤其是"七七事变"日本侵略军在卢沟桥的炮声，似乎还在耳边回响；荷枪实弹的日本兵任意屠杀手无寸铁的中国百姓。这些往事还不时地浮现在眼前。

"一个国家没有自卫能力，必然任人宰割，老百姓没有活头！""七七事变"后，邓稼先曾不得不随老师、同学过着颠沛流离的生活。现在，当他听说中国这样一个百余年来任人欺凌的落后国家，也要研制战略核武器，以加强国防时，他当然抑制不住内心的激动和喜悦。从这天起，为了祖国的利益，邓稼先这位在国内外已经崭露头角的优秀青年物理学家，便销声匿迹了。

艰苦创业的年月

"失踪"之后，邓稼先来到筹建中的中国核武器研究设计院（简称九局，后改为九所、九院）。所谓的核武器研究设计院，当时，就是在北京德胜门外的一片庄稼地，这里无房舍，也无人烟，只有一些建筑工人在砍高粱、盖房子……

他这个远洋归来的"娃娃博士"，上班后做的头一件事就是换上工作服当小工，同建筑工人们一起，砍高粱、挖土、推车、和泥、盖房子。

关于邓稼先"失踪"后前往工作的九院，原二机部部长宋任穷在回忆录中说："1958 年决定成立九局，这是二机部最重要的一个局，李觉任局长，负责核武器研制和基地建设工作。"

九院的前身便是九局。李觉这位 1937 年参加红军的老将军，在进军西藏、解放西藏的征程中，立下过汗马功劳，他是九院第一任院长，他深情地回忆了与邓稼先一起创业时的许多往事。

在九院，李觉见到的第一位青年科学家就是邓稼先。他回忆说，1958 年六七月份，邓稼先到九院报到后，领导让他立刻到北京的各大专院校物色人才，从应届毕业生中选拔一批大学生到这个研究院来从事原子弹的研制工作。

于是，邓稼先兴冲冲地到清华、北大和北京航空学院挑选了 28 名大学生，后来，人称"28 星宿"，核武器研究院就这样有了第一批青年骨干。

筹建中的九院，从盖房子做起

一天，李觉来到工地，正赶上邓稼先带着一些年轻人在工地上劳动。他见邓稼先光着膀子满头大汗地砌砖。

“我是李觉，大博士，你好！”李觉伸出手，紧紧握着邓稼先满是泥浆的手说。

见到李觉，邓稼先有点不好意思，说：“李将军，您好！”

“不要叫我李将军，我已经脱了军装，你就叫我老李吧！”说完，李觉也脱掉上衣，他一边给邓稼先搬砖，一边和他一起砌墙。两人边干活边说笑。

“以后，您也不要叫我‘大博士’噢！”邓稼先憨厚地笑着对李觉说。

在那些日子，李觉一有空就来工地，他一边参加劳动，一边熟悉情况，用他的话说是“向专家学习”。因为在那个火热的年代，二机部、九局的领导和钱三强、邓稼先这些著名的科学家，都曾以普通劳动者的身份参加劳动。

北京的初秋，早晚虽然凉爽，但上下午的阳光依然炎热，邓稼先脱了上衣光着膀子干活，许多年轻人也甩掉衣服，赤膊上阵，工地上写着醒目的大标语：“晒黑了皮肤，炼红了心。”

邓稼先作为中国第一颗原子弹理论设计的负责人，和年轻人在泥里、水里干了几个月，大学生们见他这位博士干起活来那么卖力，都很钦佩；又见他那高大的身影，笨手笨脚地干着泥瓦匠的活，而且在秋日的骄阳下，皮肤总也晒不黑，就开玩笑地叫他“大白熊”，而不称呼他的职称和官衔。

工地上，车水马龙，邓稼先和“28 星宿”及建筑工人们，汗流浃背地干了一天又一天，一幢幢新的研究室和厂房拔地而起。

1958 年年底至 1959 年年初，他们在代号叫“02”的地方建起了几座楼房。从此以后，九院的人们有了自己工作和生活的地方。

一天，李觉在二机部汇报工作，正遇上邓稼先带领那些新来的大学生学习核物理知识。邓稼先亲自给他们讲课。他问邓稼先在讲什么，邓稼先说：“这新来的 28 个大学生，都是清华、北大和航空学院的尖子生，但是，都没有学过核物理专业，更没有学过如何研制原子弹，我正在组织他们学习有关的知识。”

又说：“核物理和原子弹对这些大学生来讲，还是一个陌生的世界，我以这几本书为基础，从原子世界的ABC讲起，他们自称这是核物理的‘扫盲班’，从零讲起……”

李觉认为邓稼先这样做很好，于是，他表示他也想上这个“扫盲班”，邓稼先说：“关于核工业的知识，不但您这位局长，这些大学生要从头学起，就是我们这些留过几年洋，有博士、院士头衔的人，懂的也不多，欧美各国根本不让我们这些留学生接触这方面的知识，我们整个国家都需要从零开始，从头学起。”

当时，无论是刚从美国留学归来的“洋博士”，还是刚走下喜马拉雅山，自称“只会扔手榴弹”的李觉，谁也没有想到，在北京德胜门外的一片高粱地里，中国的“曼哈顿工程”（美国第一颗原子弹工程代号），已经悄然兴起；中国第一颗原子弹的第一个理论设计方案，是在一脸稚气的邓稼先的主持下完成的。

有史以来，中国人谁也未曾造过原子弹，也就无所谓有什么权威，在当时国外严密封锁的情况下，邓稼先一面备课，一面讲。年轻人叫他邓老师，他说：“你们甭叫我邓老师，咱们一块干吧！”

在那些日子里，他有时备课到凌晨4点多，在办公室里睡上两三个小时，天亮了又继续工作。每天晚上，大学生们都聚到办公室里看书，邓稼先这时虽然有爱人、有孩子，但别人学习到几点，他也工作到几点。夜深了，他骑着自行车在年轻人的护送下回家，这时，用铁丝网围着的大门早已经关了。常常是他先爬过铁丝网，年轻人把自行车递过去。回到家里，爱人上夜班去了，孩子睡在楼道里……

在那些日子里，邓稼先把全部的精力都用在了工作上，一天到晚晕晕乎乎地走在路上，还想着原子弹的事。有一次，竟连人带车都掉到了沟里。他忘我地工作，周围的人们流传着不少关于他的“笑话”。一天，因为突击工作到深夜，他对一位同志说：“走，到我家吃饭吧！”吃饭的时候，客人发现面条变成了面糊糊。原来，孩子把面条下到生水锅里了。

“对不起，这是我孩子做的。”邓稼先抱歉地说。原来，他的妻子许鹿希——

这位北京医科大学的教授，也是一心扑在工作上，家里只有孩子做饭，十一二岁的小学生，就已承担起了做饭等全部家务劳动。

在那些日子里，邓稼先几乎每天都和大家工作到深夜，在他制订的工作计划里，没有星期天，只有到每个星期天晚上的 7 点 30 分，他才开口说："行啦，今天就工作到这里吧，大家可以回去处理家务了。"

"龙头"自然次方……

如果把原子弹比作一条龙，那么，搞原子弹的理论设计的先行工作，就是"龙头"。按照当时一位领导人的说法是"龙头的三次方"，就是"龙头"的"龙头"的"龙头"，这项领先工作做得好坏，关系到原子弹各个工程设计工作的成败。

世上无难事。邓稼先他们日夜含辛茹苦地工作到 1959 年，就把我国第一颗原子弹的理论设计的轮廓勾勒出来了。在爆炸力学、中子输运、核反应、中子物理、高温高压下物质的性质等一系列关键问题上，各种数据都搞得扎扎实实，其中哪怕是一个细小的疑点，他们都不放过。当时，中国还没有大型电子计算机。有一次，为了把一个问题弄个水落石出，他带领十几个年轻人日夜三班倒，用四台手摇计算机日夜连轴转地算了九次，这就是研制原子弹初期广为称道的"九次运算"。

这样过细的工作，他们还不放心，又请理论物理学家周光召等人从物理概念出发，进行了估计。结果证明，邓稼先等人得到的数据是可靠的。

爆炸试验的时间临近了，他们焦虑，期待……从前方到后方，从草原到戈壁滩，千军万马，严阵以待。

当那声惊雷即将在中国西部沙漠响起的时候，邓稼先接到了母亲病危的电报。他知道这次相见，将是和母亲的永诀。可是，此时此刻，他又不能立即奔赴病重母亲的身边，因为那声惊雷的轰鸣，还需要他果断的指挥。因此，他心里充满了悲伤和歉疚。

爆炸成功后，他回到了北京，见街上很多人都在抢看“号外”，他也情不自禁地拿起一张“号外”，来到了母亲的床前，挥动着报纸激动地说：“成功了，成功了！”

可是，他没有说“我们成功了”，因为就在这时，他依然没有忘记保密的誓言。

这时，他的母亲已经不能讲话了，她呆呆地望着风尘仆仆的儿子，似乎并不明白他呼喊的成功和手中挥动的“号外”，是什么意思。

邓稼先明白了，他慌忙跪在了母亲的床前，紧紧地握着母亲的手，歉疚地把自己的脸贴在了母亲冰凉的手上。母亲哭了，他也泣不成声地哭了……

最后，母亲看了看他，安详地闭上了眼睛。

1964 年 5 月和 1965 年 1 月，毛主席在听取代表关于第三个五年计划和长远规划设想的汇报时，说：“原子弹要有，氢弹也要快。”

氢弹与原子弹相比，技术更复杂。因此，要突破它，也更困难。国外文献几年只字未透露过这方面的资料。

第一颗原子弹爆炸成功后，邓稼先激动的心情还没平静下来，这件难度更大的工作，又落在了他和于敏、周光召等科学家的肩上。

当时，邓稼先作为组织研制氢弹的理论设计的负责人，遇到的困难可想而知。

1965 年冬天，氢弹的研制工作进入了紧要关头。一天深夜，有人见他的警卫员还站在计算机房的门口，就问：这么晚了，怎么还不回去睡觉？

“我要保护老邓！”警卫员说。

“今天晚上他肯定不回去了，我们保护他，你去睡吧！”

果然，这天晚上邓稼先又在机房里工作一宵，直到算出结果，他才离开。在那些日子里，邓稼先就是这样夜以继日地工作。有时，他睡在计算机房的地板上，有时守在工厂的加工机器旁，经常是“把心提到嗓子眼上”，和他的同伴们渡过了一次又一次成功或是失败、生或是死的难关。尤其是他担任了核武器研究设计院院长之后，对我国战略核武器事业的发展，就更是身先士卒、呕心沥血了。

核武器技术是超级大国绝对保密的，没有可能通过引进交流等渠道得来，即

图 35　我国第一颗氢弹爆炸成功

使有多少外汇在手，也是买不到的，在国外严密封锁、国内又遇上自然灾害的年代，要想用自己的智慧和双手掌握这些技术，除了党和国家给予必要的支持外，邓稼先等人作为直接参加研制工作的科学家，付出了一般人难以想象的巨大代价。

“在研制氢弹和新的战略核武器的过程中，作为一位组织者和参加者，他是立下了汗马功劳的！”“他的确是一位一不怕苦，二不怕死的英雄！”邓稼先的同伴异口同声地说。

1967 年 6 月 17 日，在周总理的亲自安排下，聂荣臻副总理亲临现场指挥，中国第一颗氢弹如期爆炸成功。提前实现了毛主席的预言：“搞一点原子弹、氢弹，我看有 10 年工夫完全可能。”

从第一颗原子弹试验，到第一颗氢弹试验，美国用了七年零四个月，苏联用了四年，而我国，只用了两年零八个月，发展速度是最快的，我国首次氢弹爆炸试验，赶在了法国的前面，在世界上引起了巨大反响，公认中国的核技术已经进入世界核先进国家的行列。

八千里路云和月

邓稼先的同伴们说，每一次新的战略核武器的重大突破，每一次里程碑式的试验的成功，都和邓稼先的名字连在一起。

在特种材料加工车间里，在爆轰物理实验场，在风雪弥漫的荒原上，一年到头，邓稼先风尘仆仆地四处奔波，哪里有困难，就到哪里去，哪个工作岗位最危险，他就出现在哪里。

为了增强中国的国防力量，邓稼先他们长年生活工作在骆驼草遍野的戈壁荒滩上，他工作的范围可以说是“八千里路云和月”。从戈壁滩那无垠的荒原，那幽远的驼铃声响起的地方，那死寂的楼兰王国遗址，到核试验基地广袤的土地，到处都有他们的足迹。

提起罗布泊，人们就会把它和荒凉、沉寂联系在一起。可是，在邓稼先和他同伴们的心目中，它却是自己生命中的绿洲。一位科技人员这样说：

“楼兰古城的城墙没能挡住漫卷的风沙。一条曾经繁华喧闹的丝绸之路消沉了，总以为大漠就是沙漠，应该是蓝天白云，金沙连天。然而，当你脚踏坚实的石砾，被压抑在两侧斑驳的山峦之中时，你才真正感受到了大自然的严酷和大漠的苍凉。”

参加核试验的人们说，在这片地理学上称之为地台的地方，生命的力量被淡化了，风成了这里的主宰。无日不刮的狂风横扫着群山。

当荒漠仍在昏睡的时候，一支披着绿色的秘密部队打破了大漠的沉寂，开始了一项秘密事业的历程。于是，共和国的版图上又多了一个人造的地名，人造的小镇上，还多了一群候鸟般的人群。他们不像部队，着装混杂，年岁参差；他们又像部队，作风严谨，能征善战。他们给荒漠注入了生命，带来了喧嚣。在喧嚣终于演变成惊天动地的震颤之后，他们又悄然离去。没有人知道他们从哪里来，又将要到哪里去。空寂的荒漠上深深地印下了他们的番号。

科技人员们说，在这里，爱国主义是人的精神支柱，也是人的动力源泉，一切为了国威、军威，成了人们坚定的信念与共识。

在高大的井架前，他们抛家舍妻赴场区；高大的井架前，院长、所长、研究员、高级工程师都和工人一样，当起了力工。铁沙、铅砖从他们的手中下落；风沙、雨雪从他们的身上袭过；烈日、寒风在考验着他们的意志，就这样，一天十几个小时，一干就是几个月。当几个月的辛劳终于化作那惊天动地的震颤时，所有的人都为之欢呼雀跃。人们说，初到罗布泊的人们，会听到老同志细致入微地告诉你每一项大漠的生活准则：怎样洗澡，怎样洗衣服，怎样喝水，怎样吃水果……

因这里的水质很差，每次洗完了澡身上都会留下一层白花花的碱，个别有过敏反应的人，身上还会长出一片片红疹。

由于水质差，多数人饮用后都会腹胀、腹泻……

沙漠的生活是那样枯燥、艰难。邓稼先他们就是在这样的环境里干了一年又一年。

在昔日荒凉的古战场上，在古楼兰的地平线上，他们创造了丰功伟绩，铸就了中华民族腾飞的标志；在“青海长云暗雪山，孤城遥望玉门关”的地方，一切为了“596”（中国第一颗原子弹工程代号），如今已成往事。藏民们依旧唱着动人的牧歌，在草原上游牧；不同的是，为了表彰邓稼先他们的丰功伟绩，人们已经在草原上为他们树起了纪念碑。

有人说，如今每一位中国人的尊严无不与“两弹”的研制成功有关。这话的确不过分。

当年，美国人曾扬扬得意地宣称，原子弹为他们的政府制造了外交政策的音响效果，掌握这种武器，是上帝对美国总统“神圣的托付”。那么，今天中国人能对列强大声地说“不”，正是中国也掌握了这种终极炸弹的缘故。

这一点，可以用毛主席 1956 年说过的一句话来概括，那天，毛主席看了铀矿石以后，对当时的核工业部负责人刘杰说：“这是决定命运的！”

邓稼先和所有从事研制战略核武器的人们都很清楚，他们的工作与全国人民的命运和国家的前途息息相关，正因为这样，他们才在大漠和荒原上年复一年地苦斗着。

提起邓稼先在戈壁滩上，带领千军万马奋斗的情景，杨振宁教授曾在《邓稼先》一文中说过这样一番话，他说：“戈壁滩上常常风沙呼啸，气温往往在零下 30 多度。核武器试验时大大小小的临时的问题必然层出不穷。邓稼先虽有‘福将’之称，但意外总是不能免的。1982 年，他做了核武器研究院院长之后，一次，井下突然有一个信号测不到了，大家十分焦虑，人们劝他回去。他只说了一句话：我不能走。”

杨振宁写到这里动情地说：“假如有一天哪位导演要摄制邓稼先传，我要向他建议背景音乐采用五四时代的一首歌，我儿时从父亲口中学到的：

中国男儿，中国男儿，

要将只手撑天空，

长江、大河、亚洲之东，……

……

古今多少奇丈夫！

碎首黄尘，燕然勒功，至今热血犹殷红。”

那么，与邓稼先朝夕相处的同伴们，又是怎样讲的呢？在邓稼先就要离开这个世界的前夕，他们哽咽着讲了这样一些动人心魄的故事……

“这里就是战场，我不能走！”

人们说，20 世纪 80 年代中期，在中国已经进行的 32 次核试验中，邓稼先亲自在现场指挥试验队工作的就有 15 次。在这期间，他常常是下了火车上飞机，有时来不及吃饭，从食堂里带上两个馒头就匆匆上路了。有一年，一个月之内，他从工厂到试验现场，在几千公里的范围内，竟往返了两次！他常常是下了飞机就工作，一天只睡三四个小时，甚至通宵达旦。有时刚刚睡下，电话铃声一响，他穿起衣服就走。

有一天午夜以后，他已经睡下了，远处的核材料加工车间突然来电话说，一个关键部件的加工发生了问题。他放下电话，二话没说，穿着拖鞋坐上车就出发了。当时，他已是近 60 岁的人了。在漆黑的深夜里，汽车在高山峡谷之间崎岖不平的险路上奔驰了 3 个多小时，天快亮时，才到达目的地。下了车，他一刻也没有休息，就直奔加工核材料的车间，正在带病工作的工人见院长这样不辞辛苦地连夜赶到现场，精神上得到很大的安慰，邓稼先和工人们一起研究，问题很快迎刃而解了。

邓稼先作为科技人员的带头人、院长，关键时刻亲临现场，一句话、一个动作，对被他领导的人们来说，都是难忘的、温暖的。一次，核装置的各种零部件都研制出来了，总装工作就要开始了，大厅里鸦雀无声，科技人员走进来就要各就各位地着手装配产品（原子弹）了。邓稼先握了一下一位科技人员的手，说："呀，你的手这么凉。来，我给你暖和暖和。"说着，把他的手揣到了自己的怀里，说："不要慌，时间还来得及。"

邓稼先在各种危险的场合出现，科技人员都明白，他的心意是不言而喻的："万一出了问题，咱们死在一起！"

在工作中，科技人员都牢记邓稼先的话："称杆不能没有准量！在我们这里，没有小问题，任何一件小事都是大事，任何一个小问题，假如解决不好，都会酿成大祸。"因此，在工作中，他总是反复地问大家："还有什么问题没有？"哪怕是一个细小的隐患，也不放过。

有一天，在试验基地准备放置核装置的厂房里，一位科技人员在检查准备吊核装置的吊车时，按电钮后发现吊车落下时，闪出了一个电火花。这时，已经是早晨 5 点多钟。加班工作到深夜的邓稼先刚睡下不久，他听说后，立即赶到了现场，可是，无论怎样试验，电火花始终也未再出现。邓稼先没有就此罢休，他决定立即成立专业组，把问题查个水落石出，那位科技人员见院长这样认真、严肃，劲头更足了，他把所有有关的记录都找来，一项一项地检查，谁来过，动了什么？从凌晨 5 点钟一直查到次日下午的 4 点多钟，直到查清了原因才罢休。

冬去春来，年复一年，邓稼先带领着奋战在核试验现场的人们忘我地工作，他过了整整十年的单身生活。失败的风险、成功的欢乐、戈壁大漠的风刀霜剑，染白了他的鬓发，在他的脸上刻下了深深的皱纹，谁能想到，一次巨大的成功，竟险些使他承受不住，而兴奋地倒了下去。

这是一次地下核试验。马上就要开始了，试验场上千军万马都在等待着庄严的"零"时的到来，核装置徐徐下井后，各种测试仪器一齐开动，紧张地监测着各种数据是否正常，核装置下到深处的时候，有个信号突然测不到了。

"怎么办呢？"科技人员回到帐篷里，商量来商量去，有人主张把核装置从井里提上来再拉回厂房查清原因；有人认为这样做太危险了，主张就地解决后继续下井，大家从夜里 12 点钟一直讨论到天亮，最后，邓稼先比较了各方面的意见，决定在现场采取妥善办法。他跟科技人员来到井口附近，和大家一起研究解决，这时，戈壁滩上风沙呼啸，寒风刺骨，是零下 30 多摄氏度呢！有人见他实在太疲倦了，劝他说：“邓院长，你回去吧！”

邓稼先听了，严肃地拒绝说：“不，这里就是战场，我不能走！”

故障排除后，他才和大家一起离开了现场。试验成功之后，开庆祝会的时候，由于过度紧张劳累，再加上几天几夜吃不好饭，睡不好觉，他兴奋地只喝了一小杯酒，竟当场晕倒了。

在场的人们赶紧扶他躺下，一量血压竟是零！

“邓院长！邓院长……”人们呼唤着，他仍然昏迷不醒，医生整整抢救了一夜，邓稼先才慢慢地睁开了眼睛……

苏醒以后，他问的第一件事是：核爆炸的测试结果如何？各种数据都拿到了没有？苏醒后，他仍然不肯休息，又继续紧张地工作起来。

长年累月的紧张工作，使邓稼先的健康状况愈来愈差，而他全然不顾，以致多次在试验现场昏晕过去。1984 年冬天，一次核试验前，他从帐篷里往试验场去，步履艰难地在雪地上走着走着，忽然走不动了，他对走在前面的两位科技人员说：“你们架我一下，架我一下！”说完，就气喘吁吁地趴在了两位科技人员的肩上。原来，在这之前，他天天都在拉肚子，又患有低血糖病，虚脱了，吃几块糖，喝口水，又继续工作。

有一段时间，医生说他患的是痔疮，即使便血，他仍然相信这不是什么大病。那次紧张的试验，他晕倒在试验场上，同伴们把他抱起来，焦急地想把他抬离现场，可是，他坚决不肯。说：

“没什么大病，不会倒下……”

他又站起来，和一位女工程师争着要去插雷管，人们都知道那是很危险的环节，女工程师急了，说：

“你不能去，我们的事业不能没有你！”

“我是院长，得听我的命令！”这是邓稼先第一次，也是唯一一次以权威压人。

他为什么这样，他对在场的年轻人说：

“你们还年轻，你们不能……”

结果，还是他赢了。那位年轻的女工程师，见这情景激动得直想哭。

“老邓，就凭你的水平和资历，你完全可以把日子过得舒坦一点，到国内国外的名胜转转，讲讲学，观观光。为什么选择了这样一条路？甘心在如此艰苦、危险的岗位上奋斗呢？”有一年在杭州开会时，一位工程师问他说。

“是啊，西湖多美呀！我这一生仿佛头一次来杭州，想不到这里这么美。到处转转，当然好。但是，一个人总要多为人民干点事嘛！”他望着西湖迷人的景色说。

游览岳坟的时候，邓稼先特意站到镌刻着“精忠报国”四个大字的石碑前，神情激动地请求在场的同伴说：

“来，请给我在这里照张相！”……

这就是邓稼先，一个把自己的一切献给祖国的人，一个用热血和生命谱写“精忠报国”新曲的人！

未完成的交响曲

这是一间普通的平房，周围长满了七里香；这也是邓稼先长年工作和生活的地方，半开的书橱，随意放的拖鞋，桌上翻开的书和描绘星球大战的剪报；唱片还架在唱机上，那是舒伯特的《未完成交响曲》。

可是，他再也回不来了。他永远地离开了他工作过的核武器研究设计院。

人们回忆说，临行前的那天晚上，邓稼先回来得很晚，为了一个技术方案，他和科学家们讨论到深夜。他走进寝室，轻轻地关门，因为怕惊醒了警卫员。

寝室里只有他一个人，他看了一眼那张生锈的双人床，一点睡意也没有，他哼起了京剧《望江亭》。然后，又拿起了舒伯特的《未完成交响曲》，他将唱片放到唱机上，合上电闸，娓娓的旋律响了起来。

他走到办公桌前，打开抽屉，想写点什么，立刻被抽屉里的那叠纸片吸引住了。

……2000 年，圣诞之夜，美国太空司令部，巨幅电子显示屏上，大批洲际导弹正向美国袭来……十万火急……瞬间，一切决定人类命运的世界大战开始了。

——这是杂志上描绘星球大战的一幕。

他看着，想着，他看过一部描写未来战争的电影《翌日》，他知道核冬天的理论。

这天晚上，他想得很多，他想起了祖国屈辱的近代史，也想起了研制第一颗原子弹时的困难和艰辛。

他从办公桌前站起来，眼前浮现了辽阔的核试验场，黄沙遍地的戈壁滩。

突然，窗外电闪雷鸣，倾盆大雨哗哗地下了起来。

停电了，《未完成交响曲》也停了。

天渐渐亮了。邓稼先翻身起床，叫醒了警卫员，摇了摇饼干盒——他常吃的东西，盒子里空空的，于是，他到食堂里喝了碗稀饭，就匆匆地上路了。

雨还没停，只是没有昨夜的暴烈。他低着头，撑着一把绿色的塑料雨伞走进了蒙蒙细雨中。

邓稼先就这样永远地离开了他工作生活了几十年的地方，谁也没有想到他竟会一去不复返。

年复一年，在荒无人烟的戈壁滩，在茫茫的大草原，年轻的邓稼先和他的同伴们啃青稞馍，喝苦涩的水，超负荷、高效率地工作。后来，虽然不再啃青稞馍了，但长年累月地东奔西跑，过着吃食堂、啃面包、嚼饼干的日子，身体越来越差，他以为自己患的是痔疮。

1985 年 7 月 28 日，他离开研究院回到北京，仍然不想花很多时间看病。当他平静地和警卫员谈笑着，走进解放军 301 总医院时，他才知道自己患的是直肠癌!

消息传开后，从北京到研究院，人们都在为他担忧，都在设法挽救他的生命。

国防部长张爱萍亲自到病房里来看他，亲自组织对他的治疗。三次手术，张爱萍将军都守候在手术室外，直到人们把他从手术室里平安地推出来。

“老家来人了！”一天，人们告诉他。

他挣扎着，不顾医生、妻子和警卫员的劝阻，拖着病弱的身体，夹着导尿瓶挣扎着从床上坐起来，换上整洁的衣服，在警卫员和妻子的搀扶下，走到了住院部的大门口。

“老家人”来了，带着“老家”——数千里之外他工作的地方，无数颗关切的心过来看望他了。

“老院长！”

人们哽咽着上前扶住他。

邓稼先极力忍着身体的苦痛，笑了笑说：“下次再这样叫，我可擂你两拳啊！”

1985年国庆节到了。这时，邓稼先已经住进医院3个月。他虽然刚动过手术，但是，再也按捺不住了。他恳求警卫员说：“我想去看看北京。”起初，警卫员不答应，但见他那急不可待的样子，便同意了。

瞒着医生、护士，警卫员陪邓稼先偷偷地溜出了医院。

他们乘坐公共汽车来到王府井。一路上，谁也没有注意他这个身上挂着导输尿瓶的土里土气的人。

王府井大街上彩旗飘扬。他走进新华书店，买了本英语书送给警卫员，然后，又翻看一本新技术书籍。

“回去吧，医生要查房了！”警卫员催促他说。

“待会儿，还没去天安门呢！”

他们走在宽阔的长安街上。他几次停下来，莫名其妙地东张西望，他像是听到了什么声音，又像在寻找什么。他记得，1950年从国外归来时，正值国庆一周年，他第一次见到鲜艳的五星红旗时，是在早晨升旗的时候，他看着一列士兵护着国旗走出天安门，心情是那样激动。

几十年过去了。这是他最后一次来到国旗升起的天安门广场；他从远处看，又从近处看，他要看个够，他知道这样的机会快没有了……

“你……能行吗？”

“能行！你不知道今天是国庆？”

邓稼先又说：“新中国成立 100 周年时，你都 84 岁了。那时我们的国家富强了，你可一定要来看我呀！”

警卫员深深地点了点头，恨不得放声痛哭。

这是邓稼先度过的最后一个国庆。

人们深信，新中国成立 100 周年时，警卫员一定会信守诺言，来到北京，来到国旗下看他的，会对在天之灵的他说：

“邓院长，我来看你了。”

1986 年 6 月 25 日，是邓稼先 62 岁的生日。过去，他独自一人在“老家”，很少记起这个日子。这天，他躺在病床上，虽然疼痛难忍，但很少呻吟，为的是不让妻子担心。

“稼先！稼先！”妻子轻轻地唤他。

他慢慢睁开眼睛，苦笑了一下，说：“希希，刚才我做了个梦，我回‘老家’了。”

许鹿希听了，哭了。自从邓稼先住院以来，她一直陪伴在他的身边，她几乎放弃了工作，这是一生中陪伴丈夫最多的时间。一天又一天，她提心吊胆地守候在他身边，望着被疾病折磨的丈夫憔悴的脸，她不止一次伤心落泪，常常背着丈夫，到门外的走廊里痛哭一场；望着他，她想起了那位年轻、英俊的助教。从美国归来，他曾在北大任教，她曾经做过他的学生。

“回家！这是真的。”然后，许鹿希夹起一块刀削面，吹了吹，送到他的嘴边。

邓稼先也泪水盈眶，虽然他一点也没法咽下去，但他还是装着吃得津津有味，他不想让妻子伤心。

“这大概是我的最后一个生日了！”邓稼先说。

62 岁过去了。

7 月 17 日，当他知道李鹏副总理要来探望他时，他非常激动；为了支撑这次会见，医生给他输了血，用了加倍的止痛药，他穿上那件半旧不新的灰色中山服，忍着憋尿的痛苦和伤口的剧痛，在妻子的搀扶下，艰难地走到桌前，用颤抖的手写好了发言稿，恭候李鹏的光临。

下午三点多钟，李鹏、罗干来了，问候了他的身体，颂扬了他的功绩。

一块金牌挂在了他的胸前——全国“五一”劳动奖章！

“核事业是成千上万人努力才取得成功的，我只不过做了一点应该做的工作。”

生命的终点已经临近。

7 月 28 日，处于昏迷状态的邓稼先突然睁开了眼睛，说：“我希望我死后，能把骨灰送回家乡，能和母亲葬在一起。”

病房里一片寂静。

“希希……”他用微弱的，仿佛从很远很远的地方传来的声音呼唤着。

许鹿希忽然意识到了，她慌乱地叫着：

“稼先！稼先！”她紧紧地抓住邓稼先冰凉的手，拽着，拉着，极力想把他从另一个世界里拉回来，可是，再也拉不回来了。

邓稼先逝世以后，杨振宁在写给许鹿希的电报与书信中，有这样几段话：

——稼先为人忠诚纯正，是我最敬爱的挚友。他的无私的精神与巨大的贡献是你的也是我的永恒的骄傲。

——稼先去世的消息使我想起了他和我半个世纪的友情。我知道我将永远珍惜这些记忆。希望你在此沉痛的日子里多从长远的历史角度去看稼先和你的一生，只有真正的永恒，才是有价值的。

——邓稼先的一生是有方向、有意识地前进的，没有彷徨，没有矛盾。

——是的，如果稼先再次选择他的途径的话，他仍会走他已走过的道路。这是他的性格与品质。能这样估价自己一生的人不多，我们应为稼先庆幸。

后　记

应广东高等教育出版社总编辑黄红丽女士之邀，我将自20世纪70年代以来在国内各大报刊发表的稿件整理编辑成集，以《科学的春天》为名，呈现给读者。

有人说，我作为一名记者，是中国改革开放初期那段历史的见证人，这当然有些不敢当。

1978年春天召开的全国科学大会，第一任中国科学院院长郭沫若称之为“科学的春天”。在这之前召开的科学和教育座谈会，被人们称之为“春天的惊雷”。这两次会议对中国的科学和教育事业产生了巨大而深远的影响。这影响一直持续到今天。

上述事件，当年我都亲自到会，并忠实地进行了报道。

新华社的各位编辑，对我采写的稿件一律开绿灯。尤其应该提到的是邓小平、方毅等国家领导人都曾亲自审阅、修改过我的稿件，还有著名科学家李政道、丁肇中等，也曾在百忙中抽时间审阅并修改过与他们有关的稿件。

最后，我还要感谢新华社的骆国骏、赵春铭、王凤海、姜锦铭、王涛等同志，他们都从不同的角度给予了帮助和支持。

本书交稿时，正值中国的大科学——北京正负电子对撞机建成30周年，中国科学院高能物理研究所的科学家们，以及李晓霞同志都不厌其烦地制作并寄来许多照片，使本书增色不少，在此一并致谢。

顾迈男

2018年11月于北京